双葉文庫

はぐれ長屋の用心棒

老骨秘剣

鳥羽亮

目次

この作品は双葉文庫のために書き下ろされました。

老骨秘剣　はぐれ長屋の用心棒

第一章　老剣客

一

「ヒッヒヒヒ……。うめえ酒だ」

孫六《まごろく》が目を細めて笑いながらつぶやいた。愛嬌のある狸のような顔が、赭黒《あかぐろ》く染まっている。

本所、松坂町《まつざかちょう》にある亀楽《きらく》という縄暖簾《なわのれん》を出した飲み屋だった。土間に置かれた飯台を前にして、華町源九郎《はなまちげんくろう》と孫六が飲んでいた。

「旦那、もう、一杯《いっぺい》」

孫六が銚子を取って、源九郎の前に差し出した。すこし、手が震えている。

「おお、すまん。……孫六、いいのか。昼間っからそんなに飲んで」

源九郎が、猪口《ちょく》に酒をついでもらいながら言った。

まだ、七ツ（午後四時）ごろだった。亀楽の店内には、源九郎と孫六のほかに客がいなかった。あるじの元造《もとぞう》と手伝いのおしずは、板場に入って客に出す肴《さかな》を仕込んでいるらしい。魚でも煮ているらしく、いい匂いがただよってくる。

源九郎と孫六は、亀楽の近くにある伝兵衛店《でんべえだな》という棟割り長屋に住んでいた。源九郎は牢人で、生業《なりわい》は傘張りだった。午前中傘張りの仕事をし、昼食の後、昼寝でもしようかと横になったところに孫六が姿を見せ、

「旦那、どうです。亀楽で、ちくっと」

と言って、誘ったのだ。

源九郎も酒は嫌いではなかったし、傘張りの内職で得た金がふたりで飲むくらいあったので、すこし早いが、夕餉《ゆうげ》もかねて一杯やるか、という気になったのである。

「このくれえじゃァ、飲んだうちにへえらねえや」

孫六が、顎を突き出すようにして言った。

孫六は還暦を過ぎた年寄りで、隠居の身である。いまは、娘夫婦の世話になっている。元は腕利きの岡っ引きだったが、十年ほども前に中風をわずらい、すこ

し足が不自由になって引退したのだ。

孫六は酒に目がなかったが、同居している娘夫婦に遠慮して、外ではあまり飲まないようにしていた。ときどき、源九郎たち長屋の者といっしょに亀楽で飲むのを楽しみにしている。

「それに、あまり飲むと体にさわるぞ」

源九郎が苦笑いを浮かべて言った。

孫六は、中風に酒はよくないと娘夫婦に言われていたのだ。

「ヘン、酒が飲めねえんなら、死んだ方がましだ」

そう言って、孫六は猪口の酒を一気に飲み干した。

孫六は小柄で、陽に灼《や》けた浅黒い肌をしていた。丸顔で、小鼻が張っている。その狸のような顔が、だいぶ赤くなっていた。

そんなやり取りをしているところに、おしずが皿を持って、ふたりのそばに来た。皿には、鰈《かれい》の煮付けがのっていた。鰈は飴色《あめいろ》に煮付けられ、旨《うま》そうな匂いが立ち上っている。板場からただよっていたのは、この匂いである。

「旦那が、食べてくれって」

そう言って、おしずは、鰈の皿を源九郎と孫六の前に置いた。源九郎たちは煮魚を頼まなかったので、元造が気を利かせて出してくれたらしい。

おしずは四十がらみ、小柄でほっそりしていた。源九郎たちと同じ伝兵衛店に住んでいる。おしずは亀楽を手伝うようになったばかりで、鰈の皿を出す動作にもぎこちなさがあった。

「すまねえなァ」

孫六が目を細め、

「平太《へいた》は、鳶《とび》の仕事に行っているかい」

と、訊《き》いた。平太はおしずの子だった。鳶の仕事をしている。

「はい、今日も朝から仕事に行きました」

おしずは孫六と源九郎に頭を下げ、華町さまたちのお蔭です、と小声で言い添えた。

「これで、おしずさんも安心だな」

源九郎が言った。

孫六と源九郎が、平太のことを話題にしたのにはわけがあった。

おしずは亭主に早く死なれ、手間賃稼ぎの大工をしている長男の益吉《ますきち》と次男で鳶をしている平太との三人家族だった。ところが、三月ほど前、亀楽で料理屋の包丁人が殺されたとき、店に居合わせた益吉と亀楽に手伝いに来ていたお峰《みね》という婆さんが、巻き添えを食って殺されてしまったのだ。

源九郎は元造に頼まれ、長屋の仲間たちといっしょに下手人をつきとめるために探索を始めた。

それというのも、源九郎たちは、これまでも何度か長屋の者がかかわった事件を解決してきたのだ。ほかにも、無頼牢人に脅された商家に頼まれて追い払ったり、勾引《かどわか》された御家人の娘を助け出したりもした。そうしたことがあって、源九郎たちのことを「はぐれ長屋の用心棒」などと呼ぶ者もいた。

はぐれ長屋とは、伝兵衛店のことである。伝兵衛店には、食いつめ牢人、親に勘当された男、その日暮らしの日傭《ひよう》取り、その道から挫折した職人や芸人など、はぐれ者が多く住んでいたので、そう呼ばれるようになったのだ。

源九郎たちが下手人の探索を始めたことを知った平太は、

「おれを、親分の子分にしてくれ。……兄いを殺した下手人をお縄にしてえ」

と、孫六に訴えた。

平太は、孫六が隠居する前まで番場町《ばんばちょう》の親分と呼ばれた岡っ引きだったのを知っていたのである。

孫六は、いまさら下っ引きを使うことはできなかったが、

「そんなら、みんなでいっしょに益吉を殺した下手人をつかまえようじゃァねえか」

と言い、平太も源九郎たちといっしょに下手人の探索にあたることになったのである。

その後、源九郎たちは町方とも協力して下手人をつきとめ、平太は下手人に縄をかけることができた。

事件の始末がついてから、平太は孫六や源九郎と付き合いのある浅草諏訪町《すわちょう》の栄造《えいぞう》という親分の下っ引きをすることになった。ただ、平太は若いし、下っ引きでは暮らしていけないので、鳶の仕事はつづけることにした。また、母親のおしずは元造に頼まれ、お峰のいなくなった亀楽を手伝うようになったのである。

「華町の旦那、平太はいい御用聞きになりやすぜ」

そう言って、孫六が猪口に手を伸ばした。

そのときだった。戸口に駆け寄る足音がし、茂次《しげじ》が顔を出した。茂次もはぐれ長屋の住人で、源九郎たちの仲間である。

茂次は研師《とぎし》だった。若いころ、名のある研屋に弟子入りしたのだが、親方と喧

嘩して飛び出してしまった。いまは、町筋をまわり、包丁、鋏《はさみ》、剃刀《かみそり》などを研《と》いだり、鋸《のこぎり》の目立てなどをして銭をもらっていた。お梅《うめ》という女房がいて、ふたりで暮らしているが、あまり仕事には熱心でなかった。

茂次は店に飛び込んでくると、

「は、華町の旦那、てえへんだ！」

と、源九郎の顔を見るなり声を上げた。よほど急いで来たとみえ、額に汗が浮き、荒い息を吐いている。

「どうした、茂次」

源九郎が訊いた。

「斬り合いだ！」

「長屋の者が斬り合っているのか」

源九郎は、菅井《すがい》ではないかと思った。長屋の住人で、刀を差しているのは源九郎と菅井紋太夫《もんだゆう》ぐらいしかいなかったのだ。

「そ、そうじゃァねえ。侍が、六人で斬り合ってるんでさァ」

茂次が声をつまらせて言った。

「長屋の者ではないのだな」

源九郎が念を押した。

「知らねえやつらだ」

「うむ……」

それなら、慌てることはない、と源九郎は思った。

「年寄りと娘が、四人もの侍を相手にしてるんですぜ」

それを聞いた孫六が、

「場所はどこでえ！」

と声を上げ、勢いよく立ち上がった。その拍子に、腰掛け代わりの空き樽が土間に転がって大きな音をたてた。

いつの間にか、元造もおしずのそばに来ていた。茂次が飛び込んできた足音を聞いて、板場から出てきたらしい。ふたりとも、驚いたような顔をして茂次に目をやっている。

「一ッ目橋のそばでさァ」

一ッ目橋は竪川《たてかわ》にかかっていた。はぐれ長屋は、一ッ目橋に近い本所相生町《あいおいちよう》一丁目にあった。竪川沿いの道から路地に入ってすぐである。相生町は一丁目から五丁目まで竪川沿いに長くつづいている。

「旦那、近《ちけ》えや。行きやしょう」

孫六は腕捲《うでまく》りをしている。行く気になっているようだ。

「行ってみるか」

源九郎は、年寄りと娘が四人もの侍を相手にして斬り合っていると聞いて気になった。

源九郎はいそいで酒代を払うと、茂次と孫六につづいて亀楽から出た。

二

陽は西の空にまわっていたが、陽射しは強かった。まだ暮れ六ツ（午後六時）までに、半刻（一時間）ほどあるだろうか。松坂町の路地を抜けて、竪川沿いの通りに出ると、人通りがあった。早目に仕事を終えた出職の職人、ぼてふり、町娘、供連れの武士などが、ぽつぽつと行き交っている。

「ま、待て、茂次……」

源九郎は、荒い息を吐きながら走った。息が苦しい。足がもつれ、心ノ臓が早鐘のように鳴っている。源九郎は、走るのが苦手だった。

源九郎は還暦にちかい老齢だった。鬢《びん》や髷《まげ》には白髪が目立ち、顔には皺《しわ》や肝斑《しみ》もあった。若い茂次には、とてもついていけない。

孫六も顎を突き出し、喘《あえ》ぎ声を上げている。長い間、岡っ引きとして市中を歩きまわったお蔭で足腰は丈夫だったが、中風をわずらい、すこし足腰が不自由になってから走ると息が上がるようだ。

「旦那、すぐ、そこですぜ」

茂次が足をとめて、前方を指差した。

竪川にかかる一ッ目橋が見えた。そのたもとに、人だかりができている。人だかりといっても、路傍や岸辺、道沿いの店屋の軒下などに、三人、四人とかたまっているのだ。その人だかりのなかほどに、何人もの武士らしい人影が動いているのが見えた。

気合と剣戟《けんげき》の音が聞こえ、人影が交差し、西陽を反射《はね》た刀身が、キラッ、キラッ、とひかっている。

「い、行ってみよう」

源九郎はふらつきながら走った。孫六も、不自由な左足を引き摺《ず》るようにして跟《つ》いてくる。

源九郎たちは川岸近くの人だかりの脇に足をとめ、荒い息を吐きながら闘いに目をやった。なるほど、年寄りと娘が四人の武士を相手に闘っている。

年寄りは痩身で、すこし背が丸まっていた。小袖にたっつけ袴で、草鞋《わらじ》履きである。面長で顎がとがり、鷲《わし》鼻だった。鬢や髷は真っ白である。源九郎より、かなり年上らしい。

……老人だが、遣い手だ！

と、源九郎はみてとった。

老武士は、青眼に構えていた。通常の青眼より刀身を下げ、切っ先を敵の胸のあたりにつけている。

背が丸まっていて姿勢は悪いが、構えに隙がなかった。しかも、構えはゆったりとし、敵の胸につけられた切っ先は微動だにしなかった。おそらく、対峙《たいじ》した武士は剣尖《けんせん》が胸に迫ってくるような威圧を感じているはずである。

老武士の脇にいる女も、刀を手にしていた。小袖に小袴で二刀を帯びている。髪は後頭部で無造作に束ねられていた。歳は十七、八に見えるが、男の格好をしていることもあって、よく分からない。

女も青眼に構えていた。隙のない腰の据わった構えだが、老武士ほどの遣い手ではないようだ。

……父娘《おやこ》だな。

と、源九郎は思った。

老武士と女は、頬の線や細い切れ長の目などに似たところがあったのだ。

ふたりを取りかこんでいる武士は四人、いずれも小袖に袴姿で二刀を帯びていた。袴の股だちを取り、襷《たすき》で両袖を絞っている者もいた。四人とも牢人には見えなかった。軽格の御家人か、江戸勤番の藩士らしい。

四人の武士のなかにひとりだけ、手傷を負っている者がいた。右の前腕が、血に染まっている。おそらく、老武士に籠手《こて》をあびたのだろう。ただ、浅手らしい。刀をふるうのにも、支障はないようだ。

老武士の前に立った大柄な武士が、足裏を摺るようにして間合をせばめ始めた。構えは八相である。

なかなかの構えだった。刀身を垂直に立て、切っ先で天空を突くように高く構えている。大柄な体とあいまって、対峙している者は上から覆いかぶさってくるような威圧感を覚えるにちがいない。

……こやつも、遣い手だ。

と、源九郎は思った。

源九郎は老いてうらぶれた風貌をしていたが、鏡新明智流《きょうしんめいちりゅう》の遣い手だった。構えや動きで腕のほどを察知する目をもっている。

老武士と大柄な武士との間合が、しだいにせばまってきた。ふたりは痺《しび》れる剣気をはなっている。

老武士は動かなかった。大柄な武士は、全身に気勢を込め、斬撃の気配を見せながら迫っていく。

大柄な武士の左足が、一足一刀の間境にかかった。

その瞬間、ピクッと老武士の切っ先が右手に下がり、大きく面があいた。刹《せつ》那《な》、大柄な武士の全身に斬撃の気がはしった。

タアッ！

裂帛《れっぱく》の気合とともに、大柄な武士の体が躍動し、閃光《せんこう》がはしった。

八相から袈裟《けさ》へ。

振り下ろした刀身が、老武士の眉間をとらえたかに見えた瞬間、ふいに老武士の体が刀身の下から消え、刀身で鍔《つば》を打つようなかすかな音が聞こえた。

次の瞬間、老武士は左手に跳び、大柄な武士は大きく背後に跳んだ。

ふたたび、ふたりは八相と低い青眼に構え合った。

大柄な武士の右の前腕が裂け、血が迸《ほとばし》り出ている。一方、老武士は無傷だった。

……迅《はや》い！

源九郎は驚愕《きょうがく》した。

老武士は、左手に跳びざま、突き込むように籠手をみまったのだ。その動きが、おそろしく迅かった。源九郎にさえ、老武士の体捌《たいさば》きと太刀筋がはっきりと見えなかった。ただ、一合した後のふたりの位置と、大柄な武士が右の前腕を裂くように斬られたことから、老武士の動きが察知できたのである。

……尋常な技ではない！

と、源九郎は察知し、全身に鳥肌がたった。

それに、あの鍔鳴りに似た音はなんだったのか――。源九郎には、みてとれなかった。しかも、老武士は、左手に跳ぶ一瞬、わずかに胴を払う体勢をとっていた。だが、老武士は胴を払わずに、後ろに跳んだのだ。次の太刀をふるわずに、間合をとったのである。

老武士の剣はまだ何かを秘めている、と源九郎は感知したのだ。

「お、おのれ！」

大柄な武士が、悲痛な声を上げて後じさった。

すると、大柄な武士の背後にいた長身の武士が、

「平沢《ひらさわ》を、とりかこんで斬れ！」

と、指図した。

どうやら、長身の武士が四人のなかでは頭格のようだった。それに、老武士は平沢という名のようである。

長身の武士の声で、ふたりの武士がすばやく平沢の左右にまわり込んだ。大柄な武士はまだ平沢の正面に立っている。

大柄な武士の右腕は、赤い布でおおったように血に染まっていた。八相に構えた刀身が、小刻みに震え、西陽を反射《はね》てにぶい茜色《あかねいろ》にひかっている。ただ、出血は多かったが、右腕の傷は深手ではないようだった。刀身は震えているが傷のせいではなく、気が昂《たかぶ》っているからである。

そのとき、ふいに、平沢の上体が揺れ、ゴホッ、ゴホッ、と咳き込んだ。構えがくずれ、刀身が下がった。

この隙を、大柄な武士がとらえた。

八相に構えたまますばやく踏み込むと、甲走った気合を発し、八相から袈裟に

斬り下ろした。

一瞬、平沢は右手に跳んでかわそうとしたが、間に合わなかった。

ザクリ、と着物が左肩から胸にかけて裂け、あらわになった肌から血が迸り出た。平沢は呻《うめ》き声を上げて、後ろによろめいた。

「父上！」

叫びざま、女が平沢の前に飛び出し、切っ先を大柄な武士にむけた。

「ゆ、ゆみ、下がれ……」

平沢は咳の合間に絞り出すような声で言ったが、体を起こして構えることもできなかった。女はゆみという名で、平沢の娘らしい。

老武士の娘にしては若いが、年をとってからの子であろう。

「娘もろとも、斬れ！」

長身の武士が声を上げげた。

三

「は、華町の旦那！　あの父娘、殺《や》られちまいやすぜ」

茂次が上ずった声で言った。

「うむ……」

茂次の言うとおりだった。ゆみという娘も、そこそこ遣えるようだが、四人の武士の相手ではないだろう。それに、平沢の咳はやんだが、肩の傷は深く、まともに闘えそうもなかった。

「旦那、見殺しにしてもいいんですかい」

孫六が言った。酔いが覚めたのか、いつもの顔色にもどっている。

「助けてやるか」

源九郎はすばやく袴の股だちを取ると、抜刀し、

「待て、待て」

と声を上げて、刀を構えているゆみの脇に駆け寄った。

すると、付近に集まっていた野次馬たちの間から、「華町の旦那だ」「はぐれ長屋の旦那だよ」などという声があちこちで起こった。はぐれ長屋や近所の住人が、かなりいるようだ。大勢で斬り合っている、と聞いて駆け付けてきたのだろう。

「うぬは、何者だ」

大柄な武士が、顔をしかめて誰何《すいか》した。

「通りすがりの者だ」

源九郎は、ゆみの前に立った。

「な、ならば、ひっこんでいてもらおう。うぬらには、かかわりのないことだ」

大柄な武士が、声をつまらせて言った。目が血走り、体が顫《ふる》えていた。右手に負った傷と真剣勝負の気の昂りのせいである。

「四人もで、年寄りと娘を襲うことはあるまい。それに、すでに勝負あった」

「ご老体、死ぬ気なのか」

大柄な武士の口元に、かすかに嘲笑《ちょうしょう》が浮いた。源九郎が老齢の上にうらぶれた恰好《かっこう》をしていたので、侮《あなど》ったらしい。

源九郎の着古した小袖の肩口には、継ぎ当てがあった。襟元は汗と垢《あか》で黒光りしている。おまけに、月代《さかやき》と無精髭が伸びていた。まさに、尾羽打ち枯らした貧乏牢人そのものである。

「死ぬ気はないな」

源九郎は、切っ先を大柄な武士にむけた。

源九郎は丸顔ですこし垂れ目、しまらない茫洋《ぼうよう》とした顔付きをしていた。その顔がひき締まり、双眸《そうぼう》に強いひかりが宿っていた。剣客らしい凄《すご》みのある面貌《おもて》に変わっている。

「面倒だ。そやつも、斬れ！」

長身の武士が声を上げた。

すると、源九郎の正面に立った大柄な武士がいきなり踏み込んできて、タアッ！　と甲走った気合を発して、斬り込んできた。

八相から袈裟に。たたきつけるような斬撃だったが、迅さも鋭さもなかった。右手を負傷している上に、源九郎を侮り、気魄《きはく》も込めずに斬り込んだからである。

一瞬、源九郎は右側に踏み込んで、大柄な武士の斬撃をかわしざま、刀身を逆袈裟に斬り上げた。

アッ、という声と同時に、大柄な武士の手にした刀が足元に落ちた。源九郎の切っ先が、武士の左手の甲をえぐったのだ。

大柄な武士は驚愕に目を剝《む》き、慌てて後じさった。両手が真っ赤に染まっている。源九郎は命までとることはあるまいと思い、武士の左手を狙ったのだ。

長身の武士も驚愕し、息を呑んだ。老齢のうらぶれた牢人が、これほどの遣い手とは思わなかったのだろう。

「次は、おぬしか」

源九郎は、切っ先を長身の武士にむけた。

「お、おのれ……」

長身の武士は慌てて後じさった。手にした刀は、下げている。源九郎と闘う気はないようだ。

「引け！」

長身の武士が声を上げ、さらに後じさって源九郎との間合を取ると、反転して駆けだした。

すぐに、大柄な武士がつづき、他のふたりも後を追うようにその場から走り去った。

「逃げやがった！　ざまはねえや」

孫六が声を上げ、茂次とふたりで源九郎のそばに駆け寄ってきた。

すると、まわりにいた野次馬たちの間から歓声が上がり、逃げる四人の背に罵《ば》声《せい》が浴びせられた。

「かたじけのうございます」

ゆみが源九郎に頭を下げた。源九郎にむけられた目に、驚愕の色があった。ゆ

み も、うらぶれた姿の源九郎が見せた見事な太刀捌きに驚いたらしい。

だが、ゆみはすぐに眉根を寄せ、背後にうずくまっている平沢に目をやった。

「父上！」

ゆみは悲痛な声を上げて、駆け寄った。

平沢の顔が、苦しげにゆがんでいた。肩口から胸にかけ、着物がどっぷりと血を吸っている。

「だ、大事ない。かすり傷じゃ」

平沢が顔をゆがめたまま言った。

源九郎、孫六、茂次の三人も、平沢のそばに近付いた。

……深手だ！

と、源九郎はみてとった。

平沢の傷の深さは分からなかったが、出血が激しかった。このままにはしておけない、と源九郎は思った。一見それほどの深手に見えなくても、多量の出血で死ぬことがある。

「孫六、茂次、手ぬぐいを出せ」

源九郎は、自分でも懐から手ぬぐいを出しながら言った。すこしでも、止血の手当てをしておこうと思ったのである。

「どなたか存ぜぬが、手当てをさせてもらうぞ」

そう言って、源九郎は平沢の前に膝を折った。

「いや、かまわんでくれ。かすり傷じゃ。この程度では、傷のうちに入らぬ」

平沢が立ち上がろうとすると、

「父上！　そのまま動かないで」

ゆみが、平沢の傷を負ってない右肩を押さえつけた。ゆみも、平沢の出血が激しいので、すぐに血をとめた方がいいと思ったらしい。

「うむ……」

平沢は口をひき結び、渋い顔をして腰を沈めた。

源九郎は平沢の着物を裂いて傷口をあらわにすると、折り畳んだ手ぬぐいを傷口に押し当て、孫六にも手伝わせて別の手ぬぐいを平沢の肩から脇にまわした。

平沢は地面に尻餅をついたまま源九郎のなすがままになっていたが、

「わしの名は、平沢八九郎《やくろう》じゃ。して、そこもとの名は」

と、源九郎に訊いた。

「華町源九郎、牢人でござる」

言いながら、源九郎は平沢の脇にまわした手ぬぐいを強く結んだ。そうしている間にも、肩に当てた手ぬぐいに血が染みてくる。

「そこもと、なかなかの遣い手だが、何流かな」

平沢が訊いた。

「鏡新明智流を少々……」

「桃井《もものい》どのの流か」

平沢がつぶやくような声で言った。顔に剣客らしいきびしい表情があった。

鏡新明智流をひらいたのは、桃井八郎《はちろう》である。江戸の日本橋茅場町《かやばちょう》に士学館《しがくかん》と称する道場をひらいて多くの門人を集めた。その後、二代目の桃井春蔵《しゅんぞう》が南八丁堀の蜊河岸《あさりがし》に道場を移した。

源九郎が入門したのは、三代目の桃井春蔵直正《なおまさ》のときだった。鏡新明智流の後継者は、二代目から代々桃井春蔵を名乗ったのである。

源九郎は、十一歳のおりに士学館に入門して稽古に励んだ。剣術の稽古は好きだったし、剣の天稟《てんぴん》もあったのか、士学館のなかでも名の知れた遣い手になった。ところが、二十五歳のとき、師匠のすすめる旗本の娘との縁談をことわり、道場にいづらくなってやめてしまった。その後、幾星霜が流れ、いまではは ぐれ長屋に独りで住む傘張り牢人である。

「これで、済んだ」

源九郎が手ぬぐいを縛り終えて言った。

「おお、すまぬ」

そう言って、平沢が立ち上がろうとした。

「待て、動かぬ方がいいぞ」

慌てて、源九郎がとめた。まだ、出血は激しかった。どこまで、帰るつもりか知らないが、長時間歩くのは危険である。

「どこに、帰られる」

源九郎が訊いた。

「京橋近くまでな」

「……………」

遠い、と源九郎は思った。それに、帰ってもすぐに医者の手当てを受けるわけではあるまい。

……持たないな。

と、源九郎は思った。

「どうだ、おれの住む長屋に来ないか。もうすこし、しっかりした手当てをした方がいい」

「うむ……」

平沢が戸惑うような顔をすると、

「父上、われらには大事なお役目がございます。ここで、命を落とすわけにはまいりませぬ。ひとまず、華町さまのお情けにおすがりいたしましょう」

ゆみが必死の面持ちで言った。

「ご厄介《やっかい》になろうか。……わしからも華町どのに、お聞きしたいことがあるでな」

平沢がつぶやくような声で言った。

四

「茂次、東庵《とうあん》先生を呼んでくれ」

源九郎は、平沢に連れ添って歩きながら小声で言った。

東庵は、本所相生町に住む町医者だった。東庵は金持ちだけでなく、はぐれ長屋に住むような貧乏人のところにも来て診てくれた。長屋の者たちは、医者にかからなければならないような怪我や病気のおりに、東庵を頼んでいたのである。

「承知しやした」

茂次は、すぐに走りだした。

源九郎たちは、平沢とゆみをはぐれ長屋に連れていき、ひとまず空いている部屋に腰を落ち着かせた。

孫六が長屋をまわり、東庵が手当てのときに使うであろう手桶や晒《さらし》などを集めてきた。話を聞いた長屋の女房連中や子供たちが、戸口に集まり始めたとき、茂次が東庵を連れてきた。

東庵は黒鴨《くろがも》を連れず、茂次に薬箱を持たせて座敷に上がった。黒鴨は町医者が薬箱を持たせて連れ歩く、黒鴨仕立ての下男のことである。

東庵は平沢の前に座ると、事情も訊かず、

「どれ、見せてみろ」

と言って、平沢の左肩に当てられた手ぬぐいを取った。すでに、手ぬぐいはどっぷりと血を吸い、蘇芳色《すおういろ》に染まっていた。

傷口から血が噴き出し、赭黒く染まっている肌をさらに鮮血で染めていく。

「すぐに、血をとめねばな」

東庵はその場にいた源九郎たちに、晒、汚れた血を拭き取る布、酒などを持ってくるように言った後、手桶に水を汲んでくるように指示した。

すでに、晒や手桶は用意してあったので、孫六が部屋の隅に置いてあった物を運んできた。汚れた血を拭き取る布は、隣に住む女房のおかねが、これを使ってくれ、と言って古い浴衣を提供してくれた。酒は近所に住む女房のお春《はる》が、貧乏徳利に入れた酒を持ってきた。こうしたとき、長屋の女房連中はよく動いた。住人同士に、家族のような結びつきがあったからである。

「まァ、大事あるまい」

東庵はそう言ってから、濡らした浴衣で傷口のまわりの汚れを拭きとり、さらに酒で傷口を洗い、折り畳んだ晒に金創膏《きんそうこう》をたっぷり塗ってから傷口に押し当てた。

東庵は傷口がふさがるように晒を強く押し当ててから、

「華町どの、晒を押さえていてくれ。……強くな」

と、頼んだ。

源九郎が晒を押さえると、東庵は別の晒を帯状に折り、肩から脇にかけて晒をまわし幾重にも巻きだした。なかなか巧みである。傷口が緩まないように強く巻いている。

東庵は巻いた晒の端を縛ると、

「これでよし」

と言って、手桶の水で手を洗った。

うまく傷口がふさがるように晒が巻けたようだ。晒にわずかに血が染みてきたが、ほとんどひろがらなかった。

「なんとか、血もとまるだろう。……ただ、傷口がふさがるまで安静にせねば、どうなるか分かりませんぞ」

東庵が、不興そうな顔をしている平沢に念を押すように言った。平沢は医者に治療してもらうほどの傷ではないと思っているらしい。

「何かあれば、また、うかがいましょう」

と言い置き、東庵はそそくさと帰り支度をし、茂次に薬箱を持たせて戸口から出ていった。

源九郎は東庵を送り出すと、土間や戸口に集まっていた長屋の女房連中や子供たちに、

「しばらく、静かにしていれば治るそうだよ。今日のところは引き取ってくれ」

と言って、それぞれの家に帰らせた。

源九郎は土間や戸口にいた連中が帰り始めたのを見てから、あらためて平沢の脇に座し、

「傷口がふさがるまで、ここにいるといい」

と言って、平沢とゆみに目をやった。

ゆみはすぐに畳に両手を突き、

「ありがとうございます。……見ず知らずのわたしどものために医者まで呼んでいただき、何とお礼をもうせばいいのか、言葉もみつかりませぬ」

と言って、深々と頭を下げた。

平沢は口をひき結び、憮然《ぶぜん》とした顔をしていたが、

「わしからも、礼を言う」

と、ぼそりと言って、ちいさく頭を下げた。

……頑固な年寄りだ。

と、源九郎は思ったが、黙っていた。頑固ではあるが、そう悪い男ではない、と感じたのである。それに、源九郎は平沢が遣った剣を見てから、ただの年寄りではないと踏んでいたのだ。

源九郎はいっとき口をとじていたが、

「いくつか、お訊きしてもよろしいかな」

と、切り出した。

「かまわん。訊いてくれ」

平沢が言った。

「おふたりを襲った四人は、何者なのだ」

辻斬りや追剝《おいは》ぎの類ではないはずだ。かといって、私怨から、平沢父娘《おやこ》を襲ったとも思えない。何か、特別な事情があってのことであろう。

「あやつらは、渋江《しぶえ》藩の者だ」

平沢が渋い顔をして言った。

「渋江藩というと、出羽国《でわのくに》かな」

たしか、渋江藩は出羽国の七万五千石の大名である。ただ、源九郎は藩主の名も藩邸がどこにあるのかも知らなかった。

「いかにも。わしも、渋江藩の者じゃ」

「なにゆえ、渋江藩の者がおふたりを襲ったのですかな」

源九郎がおだやかな声で訊いた。

「家中に揉《も》め事がござってな。藩の恥ゆえ、くわしいことはご容赦いただこうか」

平沢が突っ撥《ぱ》ねるように言った。

「お訊きするのは、やめましょう」

源九郎は、家中の揉め事を聞いても仕方がないと思った。

源九郎が口をつぐむと、平沢が、

「わしも、おぬしに訊きたいことがあるのじゃがな」

と言って、源九郎の顔を覗くように見た。

「なにかな」

そういえば、長屋に来る前、平沢は源九郎に訊きたいことがあると口にしていた。

「いや、おぬしの太刀捌きを見てな。……それで、ぜひ、いっしょに稽古をしたいと思ったのだが、どうかな」

平沢が声をつまらせ、戸惑うような顔をして言った。

「わしといっしょに、何の稽古をしたいのだ」

咄嗟《とっさ》に、源九郎は平沢が何を言い出したのか、理解できなかった。

「剣術の稽古だ……」

平沢が小声で言った。

「剣術とな」

思わず、源九郎が聞き返した。年寄り同士でいまさら剣術の稽古などと、血迷ったとしか思えなかった。

「い、いや、わしもな、ちかごろめっきり歳をとってな。さきほど、おぬしが見たとおり、激しく動くと咳き込むし、体の節々が痛む。おぬしは、どうだ」

平沢が声をつまらせて源九郎に訊いた。

「わしも同じだが……」

ならば、なおのこと、剣術の稽古どころではないではないか、と源九郎は思った。

「そ、それでな、お互いの技をだな、出し合って、稽古をするのもいいかと思ってな」

平沢は言いにくそうだった。

「うむ……」

平沢は何か魂胆があって、剣術の稽古の話を持ち出したのではあるまいか。ただ、平沢が精妙な刀法を身に付けていることはまちがいなかった。源九郎にも、できれば平沢の技に触れてみたいという思いがないではない。

「ところで、平沢どのは何流を修行したのでござる」

源九郎が声をあらためて訊いた。

「東燕《とうえん》流を少々……」

「東燕流とな」

源九郎は初めて耳にする流名だった。

そのとき、平沢の脇に座してふたりのやり取りを聞いていたゆみが、

「東燕流は、国許に伝わる流派でございます」

と、言葉をはさんだ。

ゆみによると、東軍《とうぐん》流を学んだ稲沢四郎右衛門《いなざわしろうえもん》が廻国修行で渋江藩の領内に立ち寄ったおり、発心するところがあり山間の洞窟にこもって数年にわたる艱難《かんなん》辛苦の修行をつづけたそうだ。その結果、精妙を得て編み出したのが東燕流だということ。

東軍流の開祖は、川崎鑰之助《かわさきかぎのすけ》といわれている。剣だけでなく、槍、薙刀《なぎなた》、軍法、馬術などの諸武芸を指南する流派である。

「その太刀捌きが、空を飛ぶ燕《つばめ》に似ているところから、東燕流と名付けたそうにございます」

ゆみが静かな声で言い添えた。

「………」

源九郎は、平沢が竪川沿いで四人の武士とやり合ったおりに見せた太刀捌きが東燕流のものではないかと思った。

……もう一度、東燕流の太刀捌きをみてみたいものだ。

と、源九郎は思った。

「平沢どの、いかがでござろう。剣術の稽古の話は、その傷が癒えてからあらためてということにしたら。いずれにしても、その傷では刀をふるうことはできまい」

源九郎が言うと、

「父上、そうなさいませ」

と、ゆみが小声でささやいた。

「よかろう。傷を治してから、一手ご指南いただこう」

平沢が顔をひきしめて言った。

五

庇《ひさし》から落ちる雨垂れの音が聞こえた。

雨らしい。源九郎は掻巻《かいまき》から首だけ出して戸口に目をやったが、面倒なので起きなかった。部屋のなかは薄暗く、何時《なんどき》ごろかはっきりしなかった。

雨音に混じって、長屋のあちこちから亭主のがなり声や子供を叱る母親の声などが聞こえてきた。長屋は動き出したようである。

いっときすると、ピシャ、ピシャ、と雨のなかを歩く足音が聞こえた。足音は戸口に近付いてくる。

……来たな。

と、源九郎は思った。長屋に住む菅井紋太夫が、やってきたのである。雨の日は、きまって顔を出すのだ。

菅井は五十がらみ、はぐれ長屋に住む牢人である。田宮《たみや》流居合の遣い手で、両国広小路《ひろこうじ》で居合い抜きを観せて口を糊していた。大道芸人である。雨の日は仕事にならないので、源九郎の家に姿を見せるのだ。

菅井は無類の将棋好きだった。それで、仕事に出られないのをいいことに、将棋敵でもある源九郎の許に将棋盤をかかえてやってくるのである。

源九郎は身を起こした。菅井が来たからには、寝ているわけにはいかなかったのだ。

足音は戸口でとまり、すぐに腰高障子があいた。

「華町、起きてるか」

そう言って、菅井は座敷に目をやった。

将棋盤だけではなかった。菅井は、飯櫃《めしびつ》も抱えていた。飯櫃には、握りめしが入っているにちがいない。菅井は几帳面《きちょうめん》なところがあって、朝めしを抜くようなことはしなかった。夕めしのときに、翌日の朝めしの分も見越して炊いておくのである。

「起きてるぞ」

源九郎はいそいで寝間着を着替え、夜具を枕屏風の陰に押しやった。

「いま、起きたところだな」

菅井があきれたような顔をして言った。

「菅井、何の用だ」

源九郎は分かっていたが、そう訊いてみた。

「将棋だよ」

菅井は将棋盤を見せながら、

「雨の日は、これに決まってるだろうが」

と言って、座敷に上がってきた。遠慮のない男である。

「飯櫃はなんだ」

「握りめしだ。どうせ、めしの支度はしてないのだろう。……めしを食いながら指そうと思って、持ってきたのだ」

菅井は座敷のなかほどに腰を下ろし、飯櫃の蓋をとって見せた。握りめしが四つ、それに薄く切ったたくあんまで添えてあった。

「まァ、待て」

源九郎は、顔だけ洗ってくる、と言い残し、流し場に行き、小桶に水を汲んで顔だけ洗った。

「茶を淹《い》れるか。湯を沸かさねばならんが」

源九郎は座敷にいる菅井に顔をむけて訊いた。

「水でいい。それより、早く座れ」

菅井は、将棋盤を前にして、さっそく駒を並べ始めた。茶より、将棋らしい。

源九郎はふたつの湯飲みに水を入れ、それを持って将棋盤の前に座った。

「さて、ひとつ、いただくか」

そう言って、源九郎は飯櫃の握りめしに手を伸ばした。

「華町、駒を並べるのが先ではないか」

菅井が渋い顔をした。

「そう焦るな。……今日の雨は、すぐにやみそうにない。何局でも、指せる。どうせ暇だからな」

源九郎は片手で駒を並べ始めた。

「そうか。何局も、指せるか」

菅井がつぶやきながらニンマリした。

それから小半刻（三十分）ほどし、勝負に熱が入ってきたとき、また、戸口に近付く足音が聞こえた。

「おい、だれか来たようだぞ」

源九郎が腰高障子の方に目をやった。

「放っておけ。茂次か孫六だろう」

菅井が睨むように将棋盤を見すえている。形勢は、源九郎にかたむいていたのだ。

　ガラッ、と重い音がし、すこし背の丸まった年寄りが入ってきた。平沢である。

　平沢は土間に立つと、ジロリと部屋のなかを見回し、

「何をしておる」

　と、渋い顔をして訊いた。

　平沢がはぐれ長屋に来て十日経っていた。まだ、肩口に晒を巻いていたが、だいぶ回復したとみえ、三、四日前から長屋のなかを歩きまわるようになっていた。源九郎の家にも二度来ていた。

「将棋だよ。将棋」

　菅井は、将棋盤に目をやったまま無愛想に言った。

　すでに、菅井は平沢と顔を合わせていて、何度か話をしていた。ただ、将棋を指しているときに会うのは、初めてである。

「上がらせてもらうぞ」

　平沢は土間で下駄を脱ぐと、勝手に座敷に上がってきた。

「平沢どの、めしは食ったのか」

源九郎が訊いた。

長屋の者から聞いたことによると、ゆみが近くに住む女房連中から米や味噌などを分けてもらい、煮炊きしているようだという。それに、平沢は相応の金を持っているらしく、東庵の薬代なども払ったと聞いていた。

「いま、何時だと思っておるのじゃ。そろそろ昼食《ちゅうじき》のころだろうが」

平沢は渋い顔をしたまま将棋盤に目をやっていたが、

「駄目じゃな。大将のまわりを馬や飛車で取りかこんでしまっては——。将棋も、兵法と同じじゃ。そんなことでは、兵は動かせぬぞ」

と、もっともらしい顔をして言った。

「おぬし、将棋を指すのか」

菅井が顔を上げて、平沢に目をやった。

「将棋の心得はある。兵法のひとつとして、身に付けたのじゃ」

「それはいい。平沢どの、どうだ、この勝負が終わったら、おれとひと勝負せぬか」

菅井が、将棋の駒を指先で持ったまま訊いた。

「将棋もいいが、いまは暇がない」

「暇がないだと……。暇そうにみえるが」

それに、今日は雨ではないか、と菅井がつぶやき、手にした駒を将棋盤の上に置いた。銀を王の脇に出し、守りをかためたようである。

「ところで、菅井どのは居合をするそうじゃな」

平沢が訊いた。

「ああ……」

菅井は源九郎が指すのを待ってから、おもむろに飛車を手にすると、パチリと王の前に打った。

「駄目じゃな。その飛車は……。それでは、王の動きがとれなくなる。いや、将棋などどうでもいい。華町どの、菅井どの、そろそろ剣術の稽古を始めようではないか」

平沢が声を大きくして言った。

「その体では、まだ、稽古は無理だろう。それに、今日は雨だぞ」

源九郎が駒を手にしたまま言うと、

「そうだ。剣術の稽古は後にして、今日は、将棋で兵法の稽古でもしたらどうだ」

菅井が口元に薄笑いを浮かべて言った。王の守りがかたくなり、源九郎が攻めあぐんでいるとみたらしい。

菅井は肩まで伸ばした総髪だった。それに、頰がこけ、顎がとがっている。おまけに、般若《はんにゃ》のような細い目をしていた。口元に薄笑いを浮かべると、よけい不気味な顔になる。

「うむ……」

平沢は口をへの字に引き結んで、将棋盤に目をやった。

六

「華町の旦那、出て行きやすぜ」

孫六が、源九郎に身を寄せて小声で言った。

孫六は源九郎の家の戸口に立って、長屋の路地木戸の方へ歩いていく平沢とゆみの後ろ姿に目をやっていた。

「孫六、ふたりの行き先だけでも確かめてくれんか」

このところ、源九郎は平沢とゆみのことが気になっていた。

まだ、平沢の傷は治りきっていなかったが、ときどきふたりそろって出かけるようになったのだ。それだけでなく、ゆみが長屋の近くで若侍と会って、何か話しているのを長屋の者が何度か目にしていた。

平沢たちの外出は、竪川沿いで襲われたこととかかわりがあるようだ、と源九郎はみていた。渋江藩内の揉め事に手を出すつもりはないが、平沢たちを襲った四人が長屋に押し入ってくるような事態は避けたかった。それに、源九郎も孫六も、暇だったのである。

「承知しやした」

孫六が目をひからせて言った。

孫六は小走りで、平沢とゆみの後を追った。すこし左足が不自由だったが、長年岡っ引きとして鍛えた足腰は丈夫で、尾行には差し障りなかった。

孫六は念のために手ぬぐいで、頬っかむりした。平沢たちに気付かれないように、顔を隠したのである。

平沢たちは、路地木戸から路地に出ると、竪川の方に足をむけた。孫六は、店屋の角や通行人の陰などに身を隠しながら巧みに尾《つ》けていく。平沢たちは竪川沿いの通りに出ると、大川の方にむかった。

五ツ半（午前九時）ごろだった。竪川沿いの通りは、いつもより人通りが多かった。穏やかな晴天のせいかもしれない。ぼてふり、風呂敷包みを背負った店《たな》者《もの》、子供連れの女房、町娘などが行き交っている。

平沢とゆみは、竪川にかかる一ッ目橋を渡って深川に出た。大川端沿いの道を川下にむかって歩いていく。ふたりは、ときどき背後に目をやった。尾行されていないか、警戒しているのかもしれない。

孫六は自分を見られたのではないかと思い、ひやっとしたことが何度かあったが平沢もゆみも何の反応も見せなかった。おそらく、平沢たちが警戒しているのは武士なのだ。年寄りの町人など、まったく念頭にないのだろう。

平沢たちは川沿いの道を足早に歩き、御舟蔵の脇を通って新大橋のたもとに出た。ふたりは、橋を渡っていく。

……どこへ行くつもりだい。

孫六が胸の内でつぶやいた。新大橋を渡った先は日本橋である。

平沢たちは新大橋を渡り終えると、大川端を川下にむかって歩き、浜町堀にかかる川口橋のたもとを右手におれた。ふたりは、浜町堀沿いの道を北にむかって歩いて行く。右手には大名屋敷がつづき、町人たちに混じって大名の家臣らしい武士も目についた。

やがて、平沢たちは久松町《ひさまつちょう》に入った。そこは町人地で、町家が軒を連ねていた。久松町に入ってまもなく、平沢たちは右手の路地にまがった。

孫六は走った。表店《おもてだな》の陰になり、平沢たちの姿が見えなくなったからである。

孫六は路地の角まで来て、路地の先に目をやると、ちょうど平沢とゆみが仕舞屋《しもたや》の前に立ち、戸口から入っていくところだった。

そこは、小店や仕舞屋などがまばらにつづく裏路地だった。仕舞屋は借家らしい。仕舞屋の手前は小体《こてい》な八百屋で、店先に青菜や大根などが並んでいた。

孫六は仕舞屋の前まで行ってみた。通行人を装って戸口に近寄り、聞き耳を立てると、廊下を歩くような足音と男のくぐもったような声がかすかに聞こえた。ただ、話の内容は聞き取れなかった。

孫六はゆっくりとした歩調で、仕舞屋の前を通り過ぎた。家の先は空き地になっていて、丈の高い雑草や笹藪《ささやぶ》が茂っていた。

孫六は笹藪の前に足をとめ、路地に目をやった。仕舞屋のことを訊いてみようと思ったのだ。隣の八百屋の者なら知っているだろうが、あまりに近かった。下手をすると、孫六の声が仕舞屋にいる平沢たちにとどくかもしれない。

……春米屋《つきごめや》で訊いてみるか。

数軒先に、春米屋があった。店のなかに唐臼《からうす》があり、脇に人影があった。暗くてはっきりしないが、店の者であろう。

孫六は春米屋の前まで行ってみた。唐臼の脇にいるのは店の親爺らしかった。前だれをかけ、米俵のなかを覗いている。これから臼で、玄米を舂《つ》くところらしい。

「ごめんよ」

孫六は店先で声をかけた。

「いらっしゃい」

親爺は、すぐに愛想笑いを浮かべて店先へ出てきた。肩や鬢に薄茶色の粉がついていた。糠《ぬか》らしい。

「手間をとらせてすまねえが、ちょいと訊きてえことがあってな」

孫六が言った。

「なんです」

途端に、親爺の顔から愛想笑いが消えた。客ではないと分かったからであろう。

「この先に、借家があるな」

孫六は低い声でそう言い、懐に手を突っ込んで十手を覗かせた。むかし使った古い十手を持ってきたのだ。聞き込みをするとき、お上の御用と思わせた方が訊きやすいときもある。

「親分さんですかい」

親爺が首をすくめるようにして訊いた。

「まァ、そうだ」

孫六は否定しなかった。まんざら嘘ではない。いまはちがうが、むかしは岡っ引きだったのである。

「あの借家に住んでるのはだれだい」

孫六は、岡っ引きだったころの物言いで訊いた。

「お武家さまですよ」

「借家住まいとなると、牢人か」

「いえ、大名のご家臣のようですよ」

「大名だと。……殿さまはなんてえ名だい」

孫六は、出羽国の渋江藩ではないかと思った。

「さァ、お殿さまの名は知りませんねえ。たしか、出羽国のお大名だと聞いた覚えがありますが……」

親爺は首をひねった。藩名も知らないらしい。

だが、孫六は出羽国と聞いて、渋江藩だと確信した。借家の住人は、渋江藩の家臣にちがいない。町宿《まちじゆく》であろう。いまだに、平沢父娘がはぐれ長屋に住んでいるところをみると、平沢たちの住家ではないようだ。だれか別の家臣が住んでいるのであろう。

なお、町宿というのは、藩邸に入りきれない江戸勤番の家臣が市井の借家などに住むことである。

「住んでいる者の名が分かるかい」

「名を聞いたことがありますが……。北山《きたやま》さまだったか、北川《きたがわ》さまだったか」

親父は語尾を濁した。はっきりしないらしい。

「北山か、北川か分からねえのか。……それで、年寄りかい」

孫六は念のために訊いてみた。

「いいえ、若いお武家さまで」

「若いのか」

やはり、平沢たちではないようだ。

「親爺、邪魔したな」

そう言い置いて、孫六は春米屋を出た。

孫六は来た道を引き返した。尾行はこれまでにし、とりあえず長屋に帰って源九郎に知らせようと思ったのである。

七

はぐれ長屋の脇に狭い空き地があった。そこは、長屋の子供たちの遊び場にもなっていて、地面が踏み固められている。

その空き地のなかほどに、源九郎、菅井、それに平沢とゆみが立っていた。隅の方には、長屋の子供たちが十人ほどいて、立ったり屈み込んだりして源九郎たちに目をやっている。

源九郎たち男三人は、腰に刀を帯びていた。平沢とゆみは、手に木刀をたずさえている。

「菅井どのは、田宮流居合を遣われるそうだな」

平沢が菅井に顔をむけて訊いた。

「おれの居合は、大道芸だ。たいしたことはない」

菅井が渋い顔をして言った。

五ツ半（午前九時）ごろだった。空はどんよりと曇り、いまにも雨が降ってきそうだった。

今朝、源九郎が朝めしを食い終え、傘張りでもしようかと土間に置いてある古傘を手にしたとき、平沢が姿を見せ、

「お蔭で、傷は癒えた。木刀をふるえるようになったので、約束どおり一手ご指南いただきたい」

と、当然のような顔をして言った。

平沢が傷を負ってから、十五日経っていた。まだ、傷が治りきっているかどうか分からないが、無理な動きをしなければ刀も遣えるらしい。一昨日から、平沢は家の前で木刀の素振りを始めたようである。

「いいだろう」

源九郎は断ろうと思ったのだが、脇にいたゆみまでが、わたしにも指南してください、とひどく真剣な顔をして言うので、断り切れなかったのだ。

土間で、源九郎が平沢たちと話しているところへ、菅井が将棋盤を持ってやっ

てきた。雨ではないが、いまにも降ってきそうな雲行きを見て、両国広小路には出かけず、将棋を指しにきたらしい。

するど、平沢が、わしたちが先約している、将棋は稽古の後にしてもらいたい、と強く言い、渋っている菅井まで空き地に引っ張ってきたのだ。

「どうだ、抜いてみてくれんか」

平沢が低い声で菅井に訊いた。双眸が底びかりし、剣客らしいきびしい顔付きになっている。

「うむ……」

菅井は口をへの字に引き結んで考え込んでいたが、

「ならば、大道芸の居合を見せてやろう」

と言い、空き地に落ちていた五寸ほどの棒切れを手にして、これをおれの体にむかって投げてくれ、と言って、平沢に手渡した。

「居合で、斬り落とすのだな」

平沢が訊いた。

「そうだ」

「おもしろい。それで、間合は」

平沢が目をひからせて訊いた。

「五間ほどで、いいだろう」

そう言って、菅井はすぐに袴の股だちを取った。

菅井と平沢は、およそ五間の間合をとって対峙した。

菅井は左手で刀の鯉口を切り、右手を柄に添えて居合腰に沈めた。居合の抜刀体勢をとったのである。

対する平沢は、右手に持った棒切れを顔の脇に構えた。ちょうど、八相に構えたときの刀の位置になる。

「行くぞ！」

平沢が声をかけた。

ふたりは、対峙したまま数瞬動かなかったが、ヤアッ、と平沢が気合を発しざま棒切れを投げた。

棒切れは、菅井の顔面に飛んだ。

刹那、シャッ、と刀身の鞘走る音がし、菅井の腰から閃光がはしった。次の瞬間、戛《かつ》、という乾いた音と同時に、棒切れはふたつになって虚空に飛んだ。

「迅いな！」

平沢は驚愕に目を剝いている。ゆみも、その場に立ったまま言葉を失っている。

「これでいいか」

菅井は不興そうな顔をしたままゆっくりと納刀した。

「見事な腕だ」

平沢が菅井に歩み寄り、

「どうだ、おぬしもいっしょにわしらと稽古をせぬか」

と、訊いた。ゆみも、平沢の背後から、菅井どの、われらに指南してください、と言い添えた。

「うむ……」

菅井は渋い顔をしてつっ立っていたが、

「平沢どのの流は、東軍流の流れをくむ東燕流とのことだな」

と、声をあらためて訊いた。菅井は、源九郎から東燕流のことを聞いていたのだ。

「いかにも」

「この歳になって稽古をしても、お互いあまり役にたたないと思うがな」

菅井はいまさら東燕流の刀法を身につける気などさらさらなかったし、平沢も老齢になって、居合の稽古をしてもたいした役にはたたないとみたのである。

「菅井どの、わしら武士は、いくつになっても剣の修行を怠ってはならぬ身でござるぞ。それに、稽古をやめればすぐに力は衰える」

平沢が諭すような口調で言った。

「おれは、主持《しゅうも》ちではないからな。修行を怠っても、とやかく言うものはいないが……」

菅井がつぶやいた。

「よし、わしが東燕流の剣を見せてくれよう。おぬしが、わしの遣う剣を見事、かわせば剣術の稽古の話はやめにしよう」

平沢が菅井を睨むように見すえて言った。

「おもしろい」

菅井にも、東燕流の剣を見てみたい気があった。

「では、まいる」

平沢は、木刀を手にして立った。

「おい、おれは真剣でいいのか」

菅井が戸惑うような顔をして訊いた。

「かまわぬ」

平沢はおよそ三間半ほどの間合をとって菅井と対峙した。木刀を青眼に構え、尖端をやや下げて菅井の胸のあたりにつけた。竪川沿いで襲われたときに見せた構えである。背がすこし丸まっていて、いかにも頼りなげである。

だが、菅井は平沢の構えを前にして、

……遣い手だ！

と察知し、冷水を浴びせられたような気がした。

平沢の構えはふわりと地面に立っているようで、緊張や力みがまったくなかった。それでいて、木刀の先が胸に迫ってくるような威圧感がある。

だが、菅井は臆さなかった。居合腰に沈めて抜刀体勢を取ると、気を鎮めて相手の動きを見つめた。居合は相手との間合の読みと抜刀の迅さが命だった。相手の動きと間合を見て、抜刀の機をとらえねばならない。

平沢が趾《あしゆび》を這《は》うように動かし、ジリジリと間合をせばめてきた。しだいにふたりの全身に気勢が満ち、斬撃の気配が高まってくる。

平沢の右足が一足一刀の間境にかかるや否や、ふいに木刀が右手に下がり、面が大きくあいた。

刹那、菅井が抜きつけた。

シャッ、という刀身の鞘走る音とともに閃光が真っ向にはしった。むろん、切っ先が平沢の面をとらえないよう、わずかに身を引いている。

……斬った!

と菅井が察知した瞬間、平沢の体が掻き消え、かすかに鍔《つば》を打つような音がして右の前腕に疼痛を感じた。

次の瞬間、ふたりは大きく背後に跳び、間合をとっていた。

「こ、これは!」

菅井は驚愕に目を剝き、声をつまらせて言った。

「これが、東燕流の鍔鳴りの太刀じゃ」

平沢が低い声で言った。

「鍔鳴りの太刀!」

菅井がその場につっ立ったままつぶやいた。菅井は平沢が左手に踏み込んで菅井の抜きつけの一刀をかわしたことは察知できたが、鍔を打ち籠手へ伸びた太刀筋までは見えなかった。

「どうじゃな」

平沢が木刀を下ろして言った。

「たいした技だ」

平沢は籠手を打つ瞬間、手の内を絞ってとめたので、それほどの打撃はなかったが、そのまま強く打ち込んでいたら木刀であっても、菅井は腕の骨を砕かれていたかもしれない。

「いや、五分じゃな。おぬしは、わずかに身を引いてから抜いた。それで、わしはかわすことができたが、そうでなければ、わしの頭は割られていたろうよ」

「……！」

平沢は、菅井が抜刀の前に身を引いたことまで目にしたようだ。

「どうじゃな。わしと剣術の稽古をしてみるか」

そう言ったとき、平沢が、ゴホッ、ゴホッと咳をした。ただ、咳は二度出ただけですぐに収まった。

「いいだろう。東燕流の鍔鳴りの太刀とおれの居合。いい稽古ができそうだ」

菅井の顔が紅潮し、目が異様にひかっていた。菅井の気がいつになく昂り、剣客としての血が滾《たぎ》っていた。

第二章　討　手

一

　ふいに、平沢が咳き込んだ。上半身を折るようにして、ゴホッ、ゴホッ、と咳をしている。

　源九郎は構えていた木刀をおろし、平沢に近付いた。はぐれ長屋の脇の空き地で、平沢と剣術の稽古をしていたのである。

「咳がとまらぬようだな」

　源九郎が平沢の脇に屈み込んで訊《き》いた。そういえば、平沢は竪川沿いで襲われたときも咳き込んでいたし、菅井と立ち合ったときもそうだった。

「い、いや……。すぐに、収まる」

平沢は胸を押さえて屈み込んでいたが、いっときすると咳は収まった。

「どうするな。すこし休むか」

源九郎は、平沢の遣う鍔鳴《つばな》りの太刀と木刀で立ち合っていたのだ。立ち合うといっても、平沢はすこし間合をとって遣い、鍔鳴りの太刀を源九郎に見せていたのだ。どういうわけか、平沢は東燕流の秘剣にちがいない鍔鳴りの太刀を隠そうとはせず、自ら進んで披露して見せた。

「どこか、体でも悪いのではないか」

菅井がそばに来て訊いた。菅井も心配そうな顔をしている。

空き地には、源九郎、菅井、平沢の三人だけがいた。これまで稽古するときは、ゆみもいたのだが、今日はどういうわけか空き地に姿を見せなかった。

「体が悪いわけではないがな。歳のせいらしい。ちかごろ、息をとめたり強く吸い込んだりすると、咳き込むときがあるのだ。それに、軽い眩暈《めまい》のするときもある。……まァ、年寄りは凝《じっ》としていろ、ということだろうな」

そう言って、平沢は苦笑いを浮かべたが、顔には困惑と焦燥《しょうそう》の入り交じったような表情が浮いていた。

「いずれにしろ、しばらく休もう。わしも、すこし疲れた」

そう言って、源九郎が木刀を下ろしたとき、空き地に近付いて来る足音が聞こえた。

見ると、ゆみが小走りに近付いてくる。

「父上、利根崎《とねざき》さまたちがお見えです」

ゆみが、平沢に目をむけて言った。顔が上気したように赤らんでいる。黒眸《くろめ》がちの目が濡れたようにひかっている。

「早かったな。陽が沈むころかと思っていたが」

平沢は西の空に目をやった。

七ツ（午後四時）ごろであろうか。陽は西の空にまわっていたが、まだ陽射しは強かった。

「利根崎さまたちは、北川さまのお住まいにいらしていたのです」

ゆみが小声で言った。

源九郎は、ゆみが口にした北川という名を耳にしたとき、孫六から聞いていた平沢とゆみが訪ねていった久松町の借家のことを思いだした。孫六によると、平沢たちは久松町に住む北川という武士の家を訪ねたという。孫六は平沢たちを尾《つ》けていった翌日も久松町に出かけて聞き込み、平沢たちが訪ねた家に住んでいるのは、渋江藩士の北川洋之助《ようのすけ》であることをつかんだのだ。

どうやら、ゆみはひとりで久松町の北川の家まで行ったらしい。北川も利根崎も渋江藩士のようだ。ゆみはふたりの藩士を迎えに行ったのかもしれない。

「華町どの、菅井どの、稽古はこれまでじゃな」

平沢が言った。

「客人か」

菅井が訊いた。

「利根崎さまと北川どのは、家中のお方だ」

平沢はあらためて源九郎と菅井に目をむけ、

「おふたりに、利根崎さまたちと会ってもらいたくてな。長屋にお呼びしたのじゃ」

遠慮はいらぬ、わしといっしょに来てくれ、と言って、平沢はきびすを返して歩きだした。

「お、おい、おれは会うとは言ってないぞ」

そう言いながらも、菅井は慌てて平沢に跟《つ》いていった。

「しかたがない。話だけは、聞いてみるか」

源九郎は苦笑いを浮かべて、菅井の後につづいた。

平沢たちが寝泊まりしている長屋の部屋に、ふたりの武士が座していた。ふたりとも、羽織袴姿である。

源九郎と菅井が、ふたりの武士に対座すると、

「このおふたりが、お話ししておいた華町源九郎どのと菅井紋太夫どのでござる」

平沢がそう言って、源九郎と菅井を紹介した。

つづいて、源九郎と菅井が名乗ると、恰幅《かっぷく》のいい年配の武士が、

「それがし、渋江藩大目付、利根崎弥之助《やのすけ》にござる」

と言って、ちいさく頭を下げた。

利根崎は五十がらみであろうか。眉が濃く、頤《おとがい》が張っていた。武辺者らしい面構《つらがま》えである。

「渋江藩目付、北川洋之助にございます」

若侍が名乗った。浅黒い顔をしていたが、端整な顔立ちをしていた。長身で、肩幅のひろい男である。胸も厚く、武芸の修行で鍛えた体であることは、すぐに見てとれた。

後で分かったことだが、渋江藩の大目付は家老の配下で、藩士の勤怠を監察す

るとともに、犯罪者の捕縛や吟味などにもあたるという。大目付は国許にふたりおり、江戸にはひとりだという。また、目付は大目付の直属の配下だそうである。

「このような長屋に、何用でござろうか」

源九郎が訊いた。大目付ほどの者が裏長屋に姿を見せるのだから、よほどのことであろう。

「わしが、ふたりのことを利根崎さまにお話ししたのじゃ。それで、ふたりの手を借りたいということになったのだ」

脇に座している平沢が口をはさんだ。

「手を貸せといわれても、何のことか分からないが」

源九郎が戸惑うような顔をした。菅井は口をひき結んで黙り込んでいる。

「実は、おふたりに国許より出奔した者たちを討つ助太刀をしてもらいたいのだ」

利根崎が声を低くして言うと、

「上意討ちだが、わしら父娘《おやこ》には仇討ちでもある」

と、平沢が顔をけわしくして言った。

「仇討ちとな」

「さよう、わしの倅、真八郎《しんぱちろう》が矢田左馬之助《やださまのすけ》たち草薙《くさなぎ》道場の者どもに襲われ、斬り殺されたのだ」

平沢の顔が憎悪と恨みにゆがんだ。背後に座しているゆみの顔にも、無念そうな表情が浮いている。

平沢と利根崎が話したことによると、平沢真八郎は勘定吟味役だったという。平沢も渋江藩の家臣だったが隠居した後、家督を継いだ真八郎は勘定方下役に出仕し、三年前から吟味役に栄進したそうである。

半年ほど前、渋江藩の領内に流れる網代川《あじろがわ》が決壊したため、大規模な堤防の改修普請と川周辺の荒れ地の開墾が行われたそうだ。その普請にかかわった者たちが多額の金を私腹したとの噂があり、国許の大目付が調べていた。その調査に、勘定吟味方からも真八郎ほかふたりの者がくわわり、普請に使われた資金の流れを洗い出していたという。そうした最中、真八郎たち勘定方の者が三人、吟味にあたっていた大目付の横瀬欽右衛門《よこぜきんえもん》にしたがって下城するおり、五人の集団に襲われて落命したという。

「襲った五人のなかのふたりも真八郎たちとの斬り合いで命を落としたが、襲撃者の三人が領内から逃走したのだ」

利根崎によると、真八郎は平沢と同じ東燕流の遣い手だったこともあり、警固役もかねて横瀬にしたがっていたという。

「その場から逃げた三人は、草薙道場の矢田左馬之助、喜久田辰蔵《きくたたつぞう》、馬淵源之丞《まぶちげんのじょう》と知れたのだ」

平沢が憎悪の色をあらわにして言った。

二

「草薙道場とは？」

源九郎が訊いた。

「領内にある草薙一刀《いっとう》流の道場じゃ」

草薙玄兵衛《げんべえ》なる者が江戸で一刀流を修行し、五十年ほど前に領内に一刀流の道場をひらいたという。当初は、一刀流を名乗っていたが、玄兵衛の跡を継いだ草薙宗三郎《そうざぶろう》が草薙一刀流を名乗り、いまにいたっているそうだ。矢田は草薙道場の師範代で、喜久田と馬淵は門弟だという。ただ、草薙は老齢で、すでに矢田が道場を継ぐことが決まっていたそうである。

渋江藩の領内には、稲沢四郎右衛門がひらいた東燕流の道場と草薙一刀流の草薙道場とがあることから道場間で競い合い、ときには対立するときもあるという。

東燕流の道場は、当初稲沢道場と呼ばれていたが、すでに稲沢は他界し、東燕流を継いだ平沢八九郎が道場主だそうである。そのため、領内では平沢道場と呼ばれるようになったという。

「すると、平沢どのが東燕流の後継者でござるか」

源九郎が訊いた。

「いかさま」

利根崎が答えると、そばにいた北川が顔をひきしめてうなずいたが、

「領内だけにひろまっている田舎剣法だ。たいしたことはない」

と、平沢が謙遜《けんそん》して言った。

「いずれにしろ、領内では草薙一門と平沢一門で対立しているわけだな」

菅井が口をはさんだ。

「いや、領内で表だった対立はないのだ」

利根崎によると、対立するのは門弟同士であり、家臣たちの間では表だって揉《も》

めることはないそうだ。それというのも、家臣たちの多くが平沢道場の門弟であり、勢力の差がはっきりしていたので対立関係が生じないという。

　また、平沢は東燕流の道場主だが、殺された大目付の横瀬は高弟であり、若いころは門弟として競いあった仲だったので師弟というより朋友のような間柄だったそうである。

「出奔した矢田たちは、江戸に来たのだな」

　源九郎が話の先をうながすように訊いた。

「さよう。……わしは、倅や横瀬どのの敵を討つためもあって、藩に討手を申し出たのじゃ」

　平沢によると、娘のゆみも父に同行したいと言い出し、ふたりで上府することにしたという。

「ゆみどのも、東燕流の門弟だったのか」

　源九郎が訊いた。

「はい……」

　ゆみがちいさくうなずいた。頰がほんのり赤らんでいる。女の身でありながら剣術道場の門弟だったことが知れ、恥ずかしくなったのかもしれない。

「国許からの討手は、平沢どのとゆみどののだけか」

源九郎と平沢のやりとりを聞いていた菅井が、ふたたび口をはさんだ。三人を討つのに、いかに東燕流の達者とはいえ、年寄りの平沢と女のゆみだけでは、心許無いと思ったのだろう。

「いや、ふたりだけではござらぬ。われら、江戸にいる目付筋の者も矢田たちを討つために動いている。ここにいる北川も、そのひとりだ」

利根崎によると、国許より上意討ちの沙汰も下されているという。

「……………」

源九郎は平沢とゆみが久松町に出かけ、北川と会っていたわけが分かった。矢田たちを討つ相談をしていたのであろう。

「ところで、竪川沿いで平沢どのとゆみどのを襲ったのは、何者ですかな。矢田たちでござろうか」

源九郎は、襲撃者が四人だったのを目にしていた。江戸へ出奔した矢田たちは三人なので、ひとり多いことになる。

「四人のなかに、矢田はいなかった。喜久田と馬渕、それに名は知らぬが在府している家中の者がふたりいたとみている」

　平沢によると、平沢とゆみは江戸勤番の家臣の顔をほとんど知らないという。

「どういうことだ。矢田たちに味方している者が、江戸にもいるのか」

　菅井がまた口をはさんだ。

「そうらしい。それも、ひとりやふたりでなく何人かが矢田たちに味方しているらしいのだ」

　そう言って、利根崎が顔を曇らせた。

「どうやら、出奔者を討つだけでは済まないようだ」

　源九郎がつぶやくような声で言った。この上意討ちの背後には、藩内の確執があるらしい。

「いかさま……」

　利根崎が小声で言い、戸惑うような顔をして虚空に視線をとめていたが、腹を決めたように表情をひきしめ、

「藩の恥だが、おふたりには話しておこう」

　そう言って、網代川の改修普請にかかわる不正の顚末《てんまつ》を話しだした。

　家臣のなかで、改修普請にかかわったのは、普請奉行の荒木田桑兵衛《あらきだそうべえ》以下普請方の者たち、それに郡《こおり》奉行のひとり狭山峰之助《さやまみねのすけ》だという。

普請にかかわる費用は藩庫からも出たが、藩の専売米を一手に扱っている米問屋の谷沢屋《やざわや》と船問屋の望月屋《もちづきや》からも多額の資金が出ていた。それというのも、網代川の改修普請は、ただ土手を築いて洪水を防ぐだけでなく、川周辺の開墾、米作田の拡張なども含まれており、普請が終われば米の増産が見込まれ、それを扱う谷沢屋や望月屋にも多額の収益が期待できたからだ。

「それだけなら、何の問題もないが、谷沢屋と望月屋から荒木田と狭山にひそかに多額の献金があったらしいのだ。しかも、その献金は専売米の廻漕《かいそう》費用に上乗せしたり、江戸での販売価格をごまかしたりして生み出されたようなのだ」

利根崎がさらに話をつづけた。

「だが、噂だけでな。確かな証《あかし》はつかめていなかった。それを、横瀬どのや真八郎たちが調べていた。そうしたさなかに、横瀬どのたちが襲われて殺されたわけだ。……むろん、われら江戸の目付筋も谷沢屋と望月屋の不正は調べていた」

利根崎によると、谷沢屋と望月屋には江戸店があり、販売や廻漕の交渉などは江戸でおこなわれることも多いという。

「矢田たちは国許で探索にあたっていた横瀬どののたちを襲い、その後、三人だけが、江戸へ逃げてきたわけか」

菅井がつぶやくような声で言った。

「それで、江戸で矢田たちに味方している者たちは？」

源九郎があらためて訊いた。

「まだ、確かなことは分からないが」

と前置きし、利根崎が話しだした。

「留守居役の津山庄左衛門《つやましょうざえもん》どのと配下の者たちではないかとみている。それというのも、専売米の江戸への廻漕、販売に際し、津山どのは谷沢屋や望月屋との交渉にあたり、店のあるじと昵懇《じっこん》の間柄でもあるのだ。……それに、津山どのは若いころ草薙道場の門弟でもあった」

「草薙道場の門弟だと」

思わず、源九郎が聞き返した。

「当然だが、師範代だった矢田とは深いつながりがあったと思われる。……実は、それだけではないのだ」

「普請奉行の荒木田と郡奉行の狭山も、若いころ草薙道場の門弟だったことがある」

「すると、不正にかかわったとみられる者たちは、いずれも草薙道場の門弟か」

源九郎が訊いた。

「いかさま」

「うむ……」

源九郎は、国許の河川の普請をめぐる不正とそれを探索する側との対立の構図がおぼろげながら見えてきた。そうした対立の根に、東燕流の平沢道場と草薙一刀流の草薙道場の確執があるにちがいない。若いころの同門同士のつながりは強く、道場を出てそれぞれの役柄についた後でもつづくものなのだ。

「此度《こたび》の件の背後に、一門のつながりがあることは否めないな」

利根崎が、源九郎の胸の内を代弁するように言った。

次に口をひらく者がなく、座が重苦しい沈黙につつまれたとき、

「そのような騒動に、わしらのような者が手助けなどできようはずがない」

源九郎がつぶやくような声で言うと、

「まったくだ。おれたちが、首をつっ込むような話ではないな」

と、菅井が白けたような顔をして言い添えた。

「いや、おぬしたちでなければ、できないのじゃ」

ふいに、平沢が語気を強めて言った。身を乗り出すようにして、源九郎と菅井

を睨むように見すえている。

「どういうことかな」

源九郎は、平沢が討手の助太刀のほかに源九郎と菅井に何か特別なことを期待しているような気がした。

「おぬしたちには、剣術の稽古もしてもらわねばならんからな」

平沢が言った。

「剣術の稽古……」

そういえば、平沢が源九郎たちに剣術の稽古を強要するのも異常だった。平沢たちが矢田たちを討つために江戸へ出てきたことは分かるが、いまになって剣術の稽古に打ち込むというのも妙である。国許を発つ前から、矢田たちの腕のほどは分かっていたはずなのだ。平沢とゆみだけでは心許無いと思えば、東燕流一門の腕の立つ家臣を連れてきてもよかったではないか。それに、江戸勤番の藩士の助勢もあるようなので、いざとなったらその者たちといっしょに矢田たちを討つこともできるだろう。

「いずれにしろ、剣術の稽古はつづけてもらいたい。それに、明日からはここにいる北川洋之助どのにも稽古にくわわってもらうつもりだ」

平沢がきっぱりと言った。

するとと、北川が、

「それがし、国許にいるとき、平沢道場の門弟だったのでございます。お師匠の平沢さまが江戸におられる間だけでも、ご指南いただきたく、稽古を願い出た次第です」

と丁寧に言い、源九郎と菅井に頭を下げた。

「うむ……」

源九郎は何とも言えなかった。すでに、平沢と北川の間で稽古の話ができているようなのだ。

「剣術の稽古はともかく——」

利根崎が言った。

「当然のことだが、藩内の不正の探索にはわれらがあたるつもりでおります。華町どのたちは、矢田を討つおりだけ、手を貸してもらいたい。むろん、相応の礼はいたす所存でござる」

そのとき、源九郎と利根崎たちのやり取りを黙って聞いていた菅井が、

「おれは、やってもいいぞ。平沢どのに東燕流を指南してもらえるからな。いわ

ば、平沢どのはおれたちの師匠だ。……華町、師匠が仇討ちをするというのに、門下のおれたちが助太刀しない手はあるまい」

　と、もっともらしい顔をして言った。

「いいだろう」

　源九郎は胸の内で、菅井のやつ、東燕流の鍔鳴りの太刀に興味をもったらしい、と思ったが、そのことは口にしなかった。源九郎も、鍔鳴りの太刀に惹かれるものがあったのである。

「それは、かたじけない」

　利根崎は、これまで平沢どのたちが世話になったことに対し、藩としての礼の気持ちもある、と言って、懐から袱紗《ふくさ》包みを手にして源九郎の膝先に置いた。切り餅がつつんであるようだ。その膨らみぐあいから見て、切り餅が四つ、百両ありそうだった。

「いただきましょう」

　源九郎は袱紗包みに手を伸ばした。

「ヒッヒヒ……。ありがてえ、今夜はうめえ酒が飲めそうだ」

孫六が、嬉しそうに目を細めて言った。

亀楽の飯台を前にして、六人の男が腰掛け代わりの空き樽に腰を下ろしていた。源九郎、菅井、孫六、茂次、平太、それに三太郎《さんたろう》だった。三太郎もはぐれ長屋の住人で、源九郎たちの仲間だった。生業《なりわい》は砂絵描きである。砂絵描きは、染粉で染めた色別の砂を小袋に入れて持ち歩き、人出の多い寺社の門前や広小路などに座り、綺麗に掃いて水を撒《ま》いた地面に色砂を垂らして絵を描いて見せる大道芸である。絵がうまく描ければ、観客から投げ銭がある。

亀楽には、源九郎たちの他に客はいなかった。源九郎が元造に頼んで、貸し切りにしてもらったのだ。元造は常連客の源九郎たちに便宜をはかってくれ、頼めば貸し切りにしてくれるのだ。

元造と手伝いのおしずは、源九郎たちの飯台に酒と肴《さかな》を運ぶと板場に入ってしまった。源九郎たちの話が終わるまで、邪魔をしないように気を使っているのである。

「孫六、まァ一杯」

源九郎は銚子を手にして孫六の猪口《ちょく》に酒をついでやった。

「華町の旦那についでもらっちゃァ、なおさらうめえや」

孫六の満面に笑みが浮いている。

酒好きの孫六は、源九郎たち長屋の仲間と飲むのがことのほか好きだった。その上、今夜は酒代の心配をせずに飲めそうなのだ。

源九郎から長屋の仲間たちに、今夜、亀楽に来てくれ、との連絡があった。こういうときは、仕事の話で酒代の心配をせずに飲めるのだ。

「それで、旦那、仕事の話ですかい」

孫六が猪口を手にしたまま訊いた。

茂次、平太、三太郎の三人の視線が、源九郎に集まっている。菅井だけが勝手に手酌で飲んでいた。菅井は利根崎たちとの話にくわわっていたので、源九郎がこれから話すことを知っているのだ。

「そうだ。……長屋に、平沢どのとゆみどのが寝起きしているのは知っているな」

源九郎はそう切り出し、渋江藩の大目付の利根崎と目付の北川が長屋に来て話したことをかいつまんで伝えた。

「それで、何か頼まれたんですかい」

茂次が訊いた。

「討手の助太刀だよ。平沢どのたちに手を貸してな、江戸に逃げてきた矢田たち三人を討つのだ」

源九郎が孫六たちに視線をまわして言った。

「あっしらが、斬り合いの助太刀をするんですかい。そいつは、無理だ」

孫六が口をはさんだ。

茂次たち三人も、戸惑うような顔をして源九郎に目をむけている。

すると、これまで黙って聞いていた菅井が、

「おまえたちに、斬り合いの助太刀を頼むものか。……斬り合いのときは、おれと華町とでやる」

と、渋い顔をして言った。痩せて顎のとがった顔が酒気を帯びて赭《あか》く染まり、般若《はんにゃ》のような顔付きになっている。

「それじゃァ、あっしらは何をすればいいんで……」

平太が小声で訊いた。まだ若い平太は、酒を嘗《な》めるほどしか飲まなかった。そ

れでも、上気して顔が赤くなっている。

「いろいろある。まず、渋江藩の様子を探ってもらいたい」

源九郎は、とりあえず藩邸内の家臣の対立や矢田たちのひそんでいそうな場所などを探るつもりでいた。

「お大名のお屋敷を探るんですかい」

孫六の顔から笑みが消えていた。手に持った猪口が口の前でとまったまま、かすかに震えている。

「探るといっても、わしらでできることをやればいいのだ。……そうだな、とりあえず藩の屋敷に奉公している中間《ちゆうげん》か屋敷に出入りしている商人《あきんど》かに、それとなく噂を訊いてみるか」

「そのくれえのことなら、できやすぜ」

孫六が小声で言った。

「それにもうひとつ、長屋の平沢どのとゆみどのにも目を配ってくれ。ふたりの跡を尾ける武士がいたら、矢田たちと思ってもいい」

矢田たちは、まだ平沢とゆみの命を狙っているはずだ、と源九郎はみていたのだ。

「どうだ、やるか。……やるなら、利根崎どのからもらった金をみんなで分けるが」

そう言って、源九郎は懐から袱紗包みを取りだした。これまでも、源九郎たちは頼まれた仕事の報酬や礼金などを仲間内で分けていたのだ。

「……！」

孫六が、飯台の上に置かれた袱紗包みを見つめて、ゴクリと唾を飲み込んだ。大金が入っていると睨んだらしい。

「百両ある」

そう言って、源九郎が袱紗包みをひらくと、切り餅が四つあらわれた。切り餅ひとつで二十五両、四つで百両である。

「ひゃ、百両！」

孫六がひき攣《つ》ったような声を上げた。

「どうする。利根崎どのたちの依頼を受けるか」

「や、やる！　おれは、やる」

孫六が目を剝《む》き、声をつまらせて言った。

茂次、平太、三太郎の三人は息をつめて切り餅を見つめていたが、おれも、やる、と茂次が言い、平太と三太郎もつづいて、やる、と言った。

「それなら、いつものように等分に分けるが、六人で十五両ずつでどうだ。……十両残る勘定だが、十両は今後の飲み代としてとっておいたら」

源九郎がそう言うと、孫六が、

「それでいい」

と、声を上げた。茂次たちも、すぐにうなずいた。

「ありがてえ。十五両もありゃァ、富《とみ》とおみよに着物のひとつも買ってやれるぜ。酒代も当分心配しねえですむ。……おっと、酒代いらねえんだ。十両とってある。……おれには使いきれねえや」

孫六が嬉しそうな顔をして、ぶつぶつつぶやいている。富というのは、孫の富《とみ》助《すけ》のことだった。孫六は富助を目のなかに入れても痛くないほど可愛がっていた。おみよは、いっしょに住んでいる孫六の娘で、富助の母親である。

「では、分けるぞ」

源九郎は切り餅の紙を破り、一分銀を六人の前に並べ始めた。切り餅は一分銀を百枚、紙で方形に包んで封じたものである。

源九郎は切り餅の一分銀を分け終えると、

「さァ、今夜はゆっくり飲もう」

と言って、銚子を手にした。

四

陽が西の空にかたむき、夕陽が長屋の脇の空き地を淡い蜜柑色《みかんいろ》に染めていた。七ツ半（午後五時）ごろである。

はぐれ長屋の空き地に、源九郎、菅井、平沢、ゆみ、北川の五人が集まっていた。五人は手に木刀をたずさえている。

源九郎と菅井は、袴の股だちを取っただけだが、平沢たち三人は、襷《たすき》で両袖を絞っていた。ゆみは汗止めと髪を束ねるために、鉢巻きをキリリと結んでいる。

小半刻（三十分）ほど前まで、長屋の子供たちが七、八人いて、源九郎たちの稽古を見ていたが飽きたらしく、いまはだれもいなかった。

源九郎たちは木刀の素振りをして体をほぐしてから、平沢に東燕流の構えや太《た》刀《ち》捌《さば》きの指南を受けた。

源九郎たちの体が熱くなり、額に汗が浮いてきたころ、

「北川、華町どのと立ち合い、鍔鳴りを遣ってみろ」

と、平沢が命じた。

どうやら、平沢と北川はいまでも師弟関係がつづいているようだ。それに、北川は鍔鳴りの太刀も遣えるらしい。

「はい」

すぐに、北川は源九郎の前に進み出て、「一手、ご指南を」と言って、頭を下げた。

「承知した」

おもしろい、と源九郎は思った。それに、若い北川がどれほどの遣い手なのか、試してみたい気持ちもあった。

平沢、菅井、ゆみの三人は、木刀を手にしたまま空き地の隅に立った。源九郎と北川の立ち合いを見るつもりらしい。

源九郎と北川は、およそ三間半の間合をとって対峙《たいじ》した。

「いくぞ！」

源九郎は青眼にとり、切っ先を北川の目線につけた。

北川も青眼に構えた。東燕流独特の低い青眼で、切っ先を源九郎の胸のあたりにつけてきた。

……こやつ、できる！

思わず、源九郎は胸の内で声を上げた。

北川はゆったりとした身構えだった。まったく闘気や力みを感じさせない静かな構えである。それでいて、北川の剣尖《けんせん》には、そのまま源九郎の胸を突いてくるような威圧があった。

……若いのにたいしたものだ。

と、源九郎は思った。

北川はまだ二十二、三ではあるまいか。おそらく、東燕流の平沢道場でも出色の遣い手だったにちがいない。

北川は趾《あしゆび》を這《は》うように動かし、ジリジリと間合を狭めてきた。腰がまったく揺れなかった。槍の穂先が、源九郎の胸にむかって伸びてくるように木刀の先が迫ってくる。

源九郎は気を鎮めた。北川の斬撃の起こりをとらえようとしたのである。

間合が狭まるにつれ、ふたりの全身に気勢がみなぎり、斬撃の気配が高まってきた。

ふいに、北川の寄り身がとまった。一足一刀の間境の半歩手前である。

ピクッ、と北川の木刀の先が撥《は》ね、次の瞬間、右側に下がった。その拍子に、大きく面があいた。

源九郎の全身に斬撃の気がはしった瞬間、北川の顔がこわばり、体が硬くなったように見えた。

イヤァッ！

鋭い気合を発し、源九郎が木刀を打ち込んだ。

打った！

と源九郎が感じた瞬間、北川の体が木刀の下から掻《か》き消え、北川の木刀の先が源九郎の木刀を握った右拳に伸びてきた。

だが、木刀の先は源九郎の拳をかすめ、右の袂を突き込むように打っただけだった。そのとき、北川は前屈みになり体勢がくずれていたのだ。

一方、源九郎の木刀の先も、北川の右の肩先をかすめて流れた。

次の瞬間、ふたりは背後に跳んで大きく間合をとった。

ぐらっ、と北川の体が揺れた。無理な体勢から背後に跳んだため、腰がくずれたのである。

この一瞬の隙を、源九郎はとらえた。すばやく踏み込み、鋭い気合を発して木刀を打ち込んだ。

振りかぶりざま真っ向へ。一瞬の太刀捌きである。

木刀の先が、北川の真額をとらえた！

と感じた瞬間、源九郎は手の内を絞って木刀をとめた。ピタリ、と木刀の先が北川の額の前でとまった。みごとな寸止《すんど》めである。

「ま、まいった！」

北川は声を上げ、後ろに身を引いた。顔が蒼ざめ、体が小刻みに震えている。

……どうしたのだ。

源九郎は、意外な気がした。

北川の構えも寄り身も気魄《きはく》のこもったみごとなもので、むしろ源九郎を圧倒していたのだ。ところが、源九郎が打ち込もうとした瞬間、北川の体が硬くなり、動きがにぶくなったのだ。

「北川、まだまだじゃ。それでは、鍔鳴りの太刀は会得できぬ」

平沢がきびしい顔をして言った。

すると、北川は地面に座し、

「は、はい……まだ、修行が足りませぬ」

と、震えを帯びた声で言って低頭した。

「うむ……」

平沢は顔に苦悶《くもん》の表情を浮かべ、稽古するしかないのう、とつぶやくような声で言った。

北川は立ち上がると、無念そうに肩を落とし、空き地の隅に身を引いた。すると、固唾《かたず》を飲んで立ち合いを見守っていたゆみが、北川のそばに走り寄り、

「北川さまなら、かならず鍔鳴りの太刀も会得できます」

と、悲痛な顔をして言い、北川の袴についた泥を掌《てのひら》でたたいて落とした。いたわるような仕草である。

……ふたりは、ただの門弟同士ではないようだ。

と、源九郎はみてとった。

心を通わせている仲らしい。おそらく、そのことを平沢も知っていて許しているのだろう。そうでなければ、ゆみがそうした素振りを見せるわけがない。

それから小半刻（三十分）ほど、源九郎と菅井は平沢から鍔鳴りの太刀の構えや太刀捌きの指南を受けた。これは、剣を修行する者にとって異常なことだった。どんな剣の流派でも、秘剣や極意と呼ばれる刀法は秘匿し、よほどのことが

なければ門外の者に見せたり指南したりしないものなのだ。

「今日は、これまでにいたそう」

そう言って、平沢が荒い息を吐きながら木刀を下ろしたときだった。

ふいに咳き込み、片手で口を押さえてその場に屈み込んだ。ゴホ、ゴホと体を上下させながら咳をしている。

「父上！」

ゆみが慌てて駆け寄ると、平沢の背筋を撫《な》でた。北川も心配そうな顔をして平沢の脇に屈み、お師匠、苦しいですか、と声をかけている。

「だ、大事ない。……すぐに収まる」

平沢が苦しげな声で言った。

いっときすると、平沢の咳はとまった。平沢は胸のあたりを撫でながら立ち上がると、

「こ、この体は、わしのいうことを聞かぬ。……大事なときにかぎって、咳が出るのじゃ」

と、忌ま忌ましそうな声で言った。

五

「華町の旦那、起きてますか」

戸口で、お熊《くま》の声がした。

お熊は日傭《ひよう》取りをしている助造《すけぞう》の女房で、源九郎の家の斜向《はす》かいに住んでいる。働きに出る亭主を送り出した後、立ち寄ったのかもしれない。

五ツ（午前八時）を過ぎているだろうか。戸口の腰高障子が強い陽射しを映じて白くかがやいていた。

「起きてるぞ。入ってくれ」

源九郎は起きて着替えを済ませ、井戸端に行くのが面倒だったので流し場で小桶に水を汲んで顔を洗ったところだった。

腰高障子があいて、お熊が入ってきた。お熊は四十半ば、でっぷり太った肉置《ししお》きで、はだけた胸からたるんだ大きな乳房が覗いている。色気などまったくないが、心根はやさしく面倒見がいいので、長屋の住人には好かれていた。子供がいないせいもあるのか、独り暮らしの源九郎のことを気遣い、立ち寄って世間話をして帰ったり、ときには残り物の煮染や余分に炊いためしを握りめしにして持ってきてくれたりする。

お熊は手に握りめしの入った丼を手にしていた。亭主を送り出した後、立ち寄ったのではなく、源九郎のために朝めしの残りを握ってきてくれたらしい。

「朝めしは、まだなんだろう」

お熊が、座敷のなかに目をやりながら訊いた。湯飲みや茶碗、飯櫃《めしびつ》などが出てないのを確かめたようだ。

「これから、めしを炊こうと思っていたところなのだ」

源九郎はそう言ったが、いまからめしを炊く気などなかった。

「握りめしだけど、食べるかい」

お熊は握りめしの入った丼を上がり框《かまち》のそばに置き、その脇に大きな尻を落とした。

「ありがたい。いただこう」

源九郎は、土間の隅の水桶の水を湯飲みにくんだ。湯を沸かしてお茶を淹《い》れるのが面倒だったので、水で我慢しようと思ったのだ。

源九郎は上がり框のそばに胡座《あぐら》をかき、さっそく握りめしに手を伸ばした。

「ねえ、旦那、ゆみさんのところに若いお侍がときどき顔を出すけど、知ってるのかい」

　お熊が小声で訊いた。

「ああ、知ってる。渋江藩の家臣でな、名は北川洋之助。平沢どののところに剣術を習いに来てるらしいな」

　源九郎が握りめしを食べながら言った。

「あたし、ゆみさんがその北川さまを送っていくのを何度か見たんだけどね。あのふたり、他人じゃァないね」

　お熊が源九郎に顔をむけて言った。大きな目が、好奇心でひかっている。どうやら、お熊は握りめしをとどけるだけでなく、源九郎のところにゆみのことを話しに来たらしい。

「他人でないとは、どういうことだ」

　源九郎は推測できたが、わざと何も知らないふりをして訊いてみた。

「あのふたり、夫婦約束がしてあるようだよ」

　お熊によると、ゆみは北川の後に寄り添うようにして歩いているという。ふたりで言葉は交わすところは見てないが、心が通じ合っている仲であることは歩く姿を見ただけで分かるそうだ。

「そんなものかね」

源九郎は稽古のときに同じことを感じたが、口にしなかった。ゆみと北川がどのような関係であろうと、源九郎にはかかわりのないことだった。それに、ふたりは似合いの夫婦になるような気がしたのだ。

「平沢さまも、ふたりのことは知ってるんじゃァないかな」

お熊がつぶやくような声で言った。

「父親だからな、知っているだろうよ」

そういえば、平沢の北川に対する剣術の指南には、門弟を超えた厳しさがあった。何とか鍔鳴りの太刀を伝授したい思いが強いようなのだ。

「うまかった」

源九郎は丼のなかにあった握りめしをふたつ食べ終え、湯飲みの水を飲んだ。

「それにしても、どういう風の吹きまわしかね」

お熊がつぶやくような声で言った。

「何のことだ」

「旦那と、菅井の旦那ですよ。いい歳して、剣術の稽古なんか急に始めるんだから」

「お熊の言うとおりだな」

源九郎は苦笑いを浮かべた。

そのとき、戸口に足早に近付いてくる足音が聞こえた。

「旦那、だれか来たようだよ」

お熊が小声で言った。

「菅井だな」

源九郎はその下駄の音に聞き覚えがあった。菅井であろう。下駄の足音は戸口の前でとまり、

「華町、いるか」

と、菅井の声がした。やはり、菅井である。

「いるよ。入ってくれ」

源九郎が声をかけると、すぐに腰高障子があいて菅井が顔を見せた。

「なんだ、お熊もいたのか」

菅井が、上がり框に腰を下ろしているお熊に目をやった。

「握りめしを、とどけてくれたのだ」

源九郎が、空になった湯飲みを手にしたまま言った。

「朝めしの支度もしなかったのか」

菅井があきれたような顔をした。

「ところで、何の用だ。将棋ではないようだし」

菅井は将棋盤を持っていなかった。

「華町を呼びにきたのだ。平沢どののところに、渋江藩の家臣が三人来てな。華町にも、話しておきたいことがあるそうだよ」

菅井によると、さきほどゆみが菅井の家に顔を見せ、源九郎といっしょに来てほしいと頼んだという。

「利根崎どのが、みえたのか」

「そうではないようだぞ」

菅井が、行けば分かるだろう、と言い添えた。

「顔を出してみるか」

源九郎は、あらためてお熊に礼を言ってから立ち上がった。どうせ、やることはなく暇だったのである。

六

平沢たちが寝起きしている座敷に、五人の男女が座していた。平沢、ゆみ、北川、それにふたりの藩士らしい男だった。

源九郎と菅井が座敷に上がり、あいていた場所に膝を折ると、

「手間をとらせて、すまないな」

と、平沢が源九郎と菅井に言った。めずらしく、物言いがやわらかだった。朝から源九郎と菅井を呼び付けたので、すまないと思ったのかもしれない。

すぐに、座していた大柄な武士が、

「それがし、渋江藩、目付組頭、重松豊三郎《しげまつとよさぶろう》にございます」

と、名乗った。三十がらみであろうか。眉が濃く、眼光のするどい厳《いか》つい顔をした男だった。

後で分かったことだが、渋江藩の目付組頭は大目付の直属の配下で、目付たちのまとめ役だという。江戸にふたり、国許に三人いるそうだ。

もうひとりは、目付の新村安次郎《にいむらやすじろう》と名乗った。二十代半ばらしい。面長で目が細く、鼻梁《びりょう》の高い男だった。

「重松さまと新村どのは東燕流一門でして、それがしと同じ平沢道場の門弟でした」

北川が言い添えた。

「それで、何かわしらに話でも」

源九郎が訊いた。重松と新村は源九郎たちにも何か伝えることがあって、この場に呼んだのであろう。

「われらは、利根崎さまのお指図で、矢田たちの行方を探っておりました」

重松が声をあらためて言った。

「それで、何か知れたのか」

「矢田たちに味方しているふたりの藩士が知れました。平沢どのとゆみどのを襲った四人のなかのふたりです」

重松がふたりの名を口にした。

御使番の高尾康蔵《たかおやすぞう》と林崎伊之助《はやしざきいのすけ》で、ふたりとも留守居役、津山庄左衛門の配下だという。

渋江藩の御使番は留守居役と家老の指図で使い役をはたすが、高尾と林崎は津山の直属の配下だという。

源九郎は重松の話を聞きながら、北川が重松の配下らしいことが分かった。

「これで、わしらを襲った四人が何者か知れたわけだ」

平沢がけわしい顔をして言った。

国許から出府した喜久田と馬淵、それに高尾と林崎の四人ということになる。

「高尾と林崎は、どんな男だ」

黙って話を聞いていた菅井が、低い声で訊いた。

「ふたりとも国許にいたとき、草薙道場の門弟だったこともあり、なかなかの遣い手です」

重松が言った。

「それで、矢田だが喜久田や高尾たちと別行動をとっているのか」

「いえ、矢田も喜久田や高尾たちといっしょにいるとみております。平沢どのたちを襲ったときは、何かの都合で矢田だけくわわらなかったようです」

「四人の居所は、つかんでいるのか」

源九郎は、四人の居所が知れれば早く仕掛けた方がいいと思っていた。それというのも、矢田たちは平沢たちの命を狙っていると思えたからである。

「それが、まだ居所が分からないのです」

重松が声を落として言った。

「矢田はともかく、高尾と林崎は藩邸にいるのではないのか」

源九郎が訊いた。御使番なら、藩邸内に住んでいるはずである。

「それが、高尾たちは町宿でして……。しかも、ここ半月ほど藩邸に出仕していないのです。矢田たちと行動を共にしているとみています」

「うむ……」

矢田たちは、どこかの隠れ家に身をひそめているようだ。

「われら目付筋の者が探っているので、いずれ、矢田たちの隠れ家は分かるはずです」

「何か手はあるのか」

菅井が訊いた。

「藩邸内に、矢田たちと連絡をとっている者がいるようです。いま、数人の家臣に目星をつけて身辺を洗っているところです」

重松によると、草薙道場の門弟だった者で津山ともつながりがある家臣を数人洗い出し、尾行したり、町宿の者は借家付近で聞き込みをしているという。

「それなら、矢田たちの居所も知れよう」

源九郎は、矢田たちも渋江藩の目付たちの探索の手からいつまでも逃れられないだろうと思った。

次に口をひらく者がなく、座敷が沈黙につつまれたとき、

「実は、それがしと新村は、華町どのと菅井どのに願いの筋があってまいったのです」

重松が声をあらためて言うと、新村も源九郎と菅井の方に膝先をむけて座りなおした。ふたりとも畏《かしこ》まった顔をしている。

「願いとは」

源九郎は何事かと思った。菅井は驚いたような顔をして、重松と新村を見つめている。

「われらも、剣術の稽古にくわえていただきたいのです。……北川から、ご師範の平沢さまだけでなく鏡新明智流の華町どのと田宮流居合の菅井どのもいると聞き、ぜひ指南していただきたいと思った次第です」

重松につづいて新村も、いっしょに稽古させてください、と言って、源九郎と菅井に頭を下げた。

「ま、待て、それを頼むなら、わしらではない。ここにおられる平沢どのだ。何

と言っても、平沢どのはわしらの師匠だからな」

慌てて源九郎が言うと、

「何を言うか、この長屋の道場主は華町どのと菅井どのだ」

と、平沢が声を大きくして言った。

「長屋の道場主な……」

源九郎は妙な言い方だと思ったが、そんなことで言い争う気もないので、

「平沢どののさえよければ、わしらは、いつ稽古にくわわってもらってもかまわないぞ」

と、すぐに承知した。空き地はすこし狭いが何とかなるだろう。

「わしも、かまわん」

平沢が言い添えた。

「かたじけのうございます」

重松が言い、新村といっしょにあらためて頭を下げた。

七

「平太、出てきたぞ」

孫六が、平太に小声で言った。

孫六と平太は、はぐれ長屋の路地木戸からすこし離れた店屋の脇にいた。路傍の樹陰から、路地木戸を見張っていたのである。

路地木戸から姿を見せたのは、北川、重松、新村の三人だった。北川たちは、源九郎たちとの話を終えて帰るところだった。

「親分、尾けやすか」

平太が目をひからせて訊いた。

孫六たちは、長屋に北川たちが来たことを耳にし、出てくるのを待って跡を尾けてみるつもりだった。

北川たち三人の行き先をつきとめるためではない。北川たちを尾行する者がいないか、それを探ろうとしたのである。

孫六や茂次たちが長屋の周辺でうろんな武士を見かけなかったか聞き込むと、路地沿いの店屋の親爺が、長屋の路地木戸に目をやっていた武士を見かけたと口にしたのだ。親爺によると、うろんな武士はふたり連れで、いずれも網代笠《あじろがさ》をかぶって顔を隠していたという。

さらに、孫六たちに話した者のなかに、うろんな武士が路地木戸から出てきた北川や平沢の跡を尾けていくのを目にした者もいた。そこで、孫六たちは路地木戸を見張って北川たちの跡を尾けてみることにしたのだ。

「待て、うろんな侍がいないか、見てからだ」

そう言って、孫六は路地の左右に目をやった。

平太も目を瞠《みひら》いて路地を見つめている。

「二本差しは、北川さまたちしかいやせん」

平太が言った。

「いねえようだな。……北川さまたちを尾けてみるか」

孫六が樹陰から路地に出ると、平太が慌てて跟いてきた。

前を行く北川たち三人は、路地木戸から半町ほど先を歩いていた。竪川の方へ歩いていく。

孫六と平太は、北川たちの跡を尾け始めた。

「平太、後ろや路地の物陰に気をくばれよ」

孫六たちの狙いは、北川たちの尾行ではない。北川たちを尾行している者がいないか、それを確かめるのである。

「承知しやした」

急に、平太は辺りに目を配り始めた。

平太はふだん鳶《とび》の仕事をしていたが、浅草諏訪町に住む岡っ引きの栄造の下っ引きだった。

平太は孫六の下っ引きをやりたかったらしいが、孫六は隠居した身だったので、栄造に話して下っ引きに使ってもらうことにしたのだ。それでも、長屋の源九郎や孫六などが事件にかかわったときは、孫六といっしょに探索にあたることがあった。

北川たちは竪川沿いの通りに出ると、大川の方にすこし歩いて、一ッ目橋を渡った。その先は深川である。

大川沿いの道には、ちらほら人影があった。ぼてふり、風呂敷包みを背負った行商人、武士、雲水などが行き交っている。

「親分、うろんな侍はいやせんぜ」

平太が振り向きながら言った。

「今日は、あらわれねえようだ」

まだ、昼前だったし通りには人影もあったので、今日は矢田たちも姿を見せないのかもしれない。

「北川さまたちは、どこへ行くんですかね」

平太が歩きながら訊いた。

「塒《ねぐら》に帰るんじゃァねえのかな」

孫六は、北川が日本橋久松町の借家に住んでいることを知っていた。大川沿いの通りをしばらく川下にむかって歩き、新大橋を渡った先が日本橋である。ただ、孫六も北川といっしょに歩いているふたりの武士のことは分からなかった。

孫六は、ふたりの名も住居も知らなかったのだ。

孫六たちは、御舟蔵の脇まで来た。通り沿いには、町家と御舟蔵の番人などが住む家などがつづいている。

「北川さまたちは、塒に帰るだけか……」

平太が間延びした声で言い、何気なく後ろを振り返った。その目に、背後から歩いてくるふたりの武士の姿が映った。ふたりともたっつけ袴で二刀を帯び、網代笠をかぶっている。

「お、親分！　後ろ」

平太が、孫六のたもとをつかんで引っ張った。

孫六は後ろを振り返り、

「出やがった！」

と、声を上げた。

孫六は通りにすばやく視線を投げ、左手の下駄屋と八百屋の間に細い路地があるのを目にすると、八百屋の店先に行くふりをして路地にまがった。平太は孫六の後ろに跟いてきた。

ふたりは路地の先の板塀の陰に身を寄せると、

「やつらを尾けるんだ」

と、孫六が声を殺して言った。

ふたりは板塀の陰から大川端の道を見つめた。ふたりの武士をやり過ごし、後ろにまわって跡を尾けるのである。

「来た！」

平太がうわずった声で言った。

網代笠をかぶったふたりの武士が、大川端の道を川下にむかって歩いていく。その姿は、すぐに孫六たちの視界から消えた。路地の狭い間を通るときだけ見えたのである。

「尾けるぞ」

孫六は板塀の陰から出ると、路地の角まで走り、ふたりの武士が通り過ぎた道の先に目をやった。

ふたりの武士は、半町ほど先にいた。さらに、その先に北川たち三人の姿がちいさく見えた。だいぶ、遠ざかっている。

孫六と平太は大川沿いの道に出ると、先を行くふたりの武士を尾け始めた。ふたりの武士は孫六たちに気付かなかったらしく、後ろを振り返って見ることはなかった。

「親分、橋を渡りやすぜ」

平太が言った。

前方を歩いていく北川たち三人は、新大橋のたもとまで来ていて橋の方へ足をむけた。橋を渡るらしい。

橋を渡っていく北川たちにつづいて、ふたりの武士も橋のたもとまで来た。ところが、ふたりの武士は橋を渡らなかった。

「どういうことだ、橋を渡らねえぜ」

孫六が驚いたような顔をして言った。

「親分、あのふたり、北川さまたちを尾けてきたんじゃァねえようで……」

平太も、拍子抜けしたような顔をしている。

「おれの見当ちがいか」

孫六は足をとめて、遠ざかっていくふたりの武士の背に目をやった。ふたりの武士は、足早に大川沿いの道を川下にむかって歩いていく。

「せっかくだ。どこへ行くか、もうすこし尾けてみるか」

孫六は、ふたりとも網代笠をかぶって顔を隠していることが気になった。それに、ふたりの身辺には、ふだん目にする幕臣や大名の家臣とはちがった殺気だった雰囲気があったのである。

孫六と平太は小走りになった。前を行くふたりの武士との間があいたので、追いつこうとしたのだ。

ふたりの武士は小名木川にかかる万年橋を渡り、清住町《きよすみちょう》に入った。町家のつづく川沿いの道をいっとき歩いた後、左手にまがった。町家の間の裏路地に入ったらしい。

「平太、走るぞ」

孫六は走りだした。ふたりの武士の姿が見えなくなったからだ。

「へい」

平太が、親分、先に行きやすぜ、と言い残して走りだした。

なかなか速い。平太は、「すっとび平太」と呼ばれるほど足が速かった。一方、孫六は年寄りの上に左足がすこし不自由だったので、走るのは苦手である。

平太は、すぐに孫六を引き離した。平太はふたりの武士がまがった路地の角まで来て、足をとめた。細い路地である。店屋の脇から路地に目をやったが、ふたりの武士の姿はなかった。

……いねえや。

どうしたものかと、平太が戸惑っているところへ、孫六が荒い息を吐きながら駆け寄ってきた。

「お、おい、やつらは、どうした」

孫六が、ゼイゼイ喉を鳴らしながら訊いた。

「姿が見えねえんでさァ」

平太が、首をひねりながら言った。

「路地にまがったんじゃァねえのか」

そう言って、孫六は路地に踏み込んだ。

半町ほど歩くと、左手に入る裏路地があった。寂しい路地で、小店や長屋などがつづいていた。空き地や笹藪《ささやぶ》なども目につく。

「ここだな」

孫六は裏路地に踏み込んだが、すぐに足をとめた。

……こんなところに、用があって来たはずはねえ。

と、孫六は思った。路地のずっと先まで、裏寂しい細い路地がつづいている。ふたりの武士は、孫六たちの尾行に気付いたのではあるまいか。もしそうなら、尾行をまくためにこの路地に入ったか、そうでなければどこかに身を隠していて、跡を尾けてきた孫六たちを仕留めるためであろう。

「平太、跡を尾けるのはここまでだな」

孫六が、いつになく厳しい顔をして言った。

「へい……」

平太も路地に踏み込む危険を察知したのか、顔をこわばらせたまままうなずいた。

第三章　おびえ

一

源九郎は平沢と対峙《たいじ》していた。ふたりの間合は、およそ四間。ふたりとも木刀を手にしている。

源九郎は青眼から木刀をすこし下げ、尖端を平沢の胸につけた。鍔鳴《つばな》りの剣の構えである。対する平沢は、木刀の先を源九郎の目線につけていた。通常の青眼の構えである。

菅井、北川、ゆみの三人は、空き地の隅に立っていた。木刀をたずさえたまま源九郎と平沢に目をむけている。今日は、重松と新村の姿がなかった。目付としての任務があり、稽古にはこられなかったのだろう。

「北川、よくみておけ」

平沢が喝するような声で言った。

木刀を手にした平沢の顔は豹変《ひょうへん》していた。両眼をカッと瞠《みひら》き、口をひき結んでいる。身辺に真剣勝負と変わらない闘気がみなぎっていた。

平沢は源九郎に鍔鳴りの太刀を伝授していた。源九郎が鍔鳴りの剣を遣い、平沢は受ける側だった。習う方が鍔鳴りの太刀を遣うことで、その刀法を会得しようとする稽古法である。

平沢は源九郎と向き合ったとき、北川に源九郎との稽古を見るよう指示したのだ。

平沢と源九郎が鍔鳴りの太刀の稽古をすると知った菅井とゆみも、稽古をやめて見ることにした。いわゆる見取り稽古である。

……妙だな。

と、源九郎は思った。

平沢の意識は、源九郎ではなく北川にむいているような気がしたのだ。平沢は源九郎に鍔鳴りの太刀を伝授しようとしているのではなく、源九郎に指南する様子を見させて北川に伝授しようとしているように感じられた。

ならば、北川に直《じか》に指南すればよいではないか、と源九郎は思った。ただ、それができない理由があるのかもしれない。

「華町どの、間合に入った瞬間、大きく面をあけるのだぞ」

平沢が北川にも聞こえるような大きな声で言った。もっとも、北川だけでなく菅井にもゆみにも聞き取れただろう。

「承知」

源九郎は、これまで何度も鍔鳴りの太刀の構えや太刀筋を見ていたので、およその刀法は分かっていた。

「さァ、こい！」

平沢が鋭い声で言った。

源九郎は、低い青眼に構えたまま趾《あしゆび》を這《は》うようにして平沢との間合をつめ始めた。しだいに、ふたりの間合がせばまっていき、剣気が高まってきた。

源九郎は一足一刀の間境の半歩手前まで間合をつめると寄り身をとめ、全身に気勢をみなぎらせて気魄《きはく》で攻めた。

平沢は斬撃の気配を見せたまま微動だにせず、木刀の先を源九郎の目線につけている。

源九郎は気で攻めておいて、ふいに木刀を右手に寝せて面を大きくあけた。これは、敵に面を打ち込ませるための誘いである。

刹那《せつな》、平沢の全身に鋭い斬撃の気がはしった。

その瞬間、源九郎の身が竦《すく》み、棒立ちになった。恐怖が源九郎の全身をつらぬいたのである。

タアッ！

平沢が裂帛《れっぱく》の気合とともに面に打ち込んできた。

咄嗟《とっさ》に、源九郎は突き込むように相手の籠手《こて》を狙って木刀をくりだした。だが、源九郎の一撃は平沢の籠手をはずれて袂を打った。

一方、平沢の木刀は、源九郎の真額の上で、ピタリととまっている。平沢が手の内を絞って木刀をとめたのである。

「こ、これは！」

思わず、源九郎が声を上げた。

「だめじゃ！　身を捨てねば、鍔鳴りの太刀はは遣えぬ」

平沢が激しい声で言った。皺《しわ》の多い顔が赭黒《あかぐろ》く紅潮し、双眸《そうぼう》が炯々《けいけい》とひかっている。平沢の叱咤《しった》するような声は、北川や菅井にもとどいたはずである。

……おびえた！

と、源九郎は察知した。

源九郎は、敵との斬撃の間境に入ると気魄で攻めておいて、木刀を寝かせて面をあけた。その瞬間、敵の斬撃が面にくると感じとり、恐怖に身が竦んだのである。

そのとき、源九郎の脳裏に、北川が源九郎に対して鍔鳴りの太刀を遣ったときのことがよぎった。北川も木刀を寝かせて面をあけたとき、いまの源九郎と同じように顔がこわばり、体が硬くなったのだ。おそらく、北川も源九郎と同じように恐怖を感じて身が竦んだにちがいない。

「よいか、鍔鳴りの太刀は己の身を捨てねば遣えぬ剣じゃ。……切っ先を敵の胸からはずしたときこそ、目を瞠いて敵の動きを見すえよ。そして、敵が振り下ろす刀の脇に踏み込みながら、切っ先を鍔元に突き込むのじゃ」

平沢が強い口調で言った。

「……！」

源九郎は、平沢が何を言わんとしているか分かった。恐怖心を抱かず、敵の動きを見すえることによって太刀筋が読め、紙一重で敵の斬撃をかわすことができるのだ。さらに、敵の鍔元に切っ先を突き込むことによって、確実に籠手を斬ることができる。

……まさに、捨て身の秘剣！

と、源九郎は思ったが、鍔鳴りの太刀を会得するのは容易ではないだろう。

「華町どの、いま一手」

平沢が当然のことのように言った。

「よし、いま一手まいろう」

源九郎は、自分は鍔鳴りの太刀を会得することはできまい、と思った。だが、すこしでも鍔鳴りの太刀の精妙さに触れたいという気持ちはあった。

ふたたび、源九郎と平沢は木刀を構えて対峙し、源九郎が鍔鳴りの太刀を遣った。だが、二度目もほぼ同じ結果だった。源九郎は、平沢が打ち込んでくる寸前に身が竦み、籠手を打つことはできなかった。

「いま、一手！」

平沢が声を強くして言ったとき、ふいに、咳き込んだ。上体を折るようにして屈み込み、手で口を押さえて激しく咳をした。

「父上！」

ゆみが駆け寄った。

北川も平沢のそばに走り寄り、心配そうな目をむけている。

平沢の咳はいっときでやんだが、今日の稽古はそれまでにした。平沢は老人ということもあって体力を失ったようだし、すでに暮れ六ツ（午後六時）ちかく、西の空には夕焼けがひろがっていた。そろそろ、北川は帰らねばならない。

源九郎と菅井は、空き地で平沢たち三人と別れた。北川は着替えてから、日本橋久松町の町宿へ帰るという。

菅井と源九郎は空き地から離れ、ふたりだけになると、

「華町、平沢どのの狙いは、北川どのに鍔鳴りの太刀を伝授することだな」

と、菅井が声をひそめて言った。どうやら、菅井も平沢の稽古の様子をみていて、その狙いを感じとったようだ。

「そうらしいな」

「おれたちは、うまく利用されているわけだ」

菅井が渋い顔をした。

「平沢どのが剣術の稽古をやると言い出したときから、何かあると思っていたさ。……こんな年寄りに、東燕流の秘剣を伝授するために、わざわざ長屋に寝泊

まりして苦労するわけがないからな」

「まったくだ。……それにしても、平沢どのの指南には、鬼気迫るものがあるな。何としても、鍔鳴りの太刀を伝授したい強い一念があるようだ」

「咳ではないかな」

源九郎が低い声で言った。

「咳だと」

菅井が足をとめ、源九郎に顔をむけた。

「そうだ。……咳だ。労咳《ろうがい》かもしれぬ。もし、そうなら先はないとみて、体が動くうちに鍔鳴りの太刀を北川どのに伝えようとしているのかもしれぬ」

労咳は、肺結核のことである。この時代、労咳は死病とされていた。

「それほどまでにして、なぜ、北川どのに鍔鳴りの太刀を伝授したいのだ」

菅井が訊《き》いた。

「これは、わしの推測だがな。平沢どのは、東燕流と道場を北川どのに継がせたいのではないかな」

「どういうことだ」

「ゆみどのと北川どのを見ていて気付かないのか」

「うむ……」

菅井が首をひねった。

「おまえ、男と女のことにはにぶいな。ふたりは、すでに夫婦約束をしているとみている。当然、平沢どのも承知の上だ」

「そうか！　ふたりをいっしょにさせて、北川どのに東燕流と道場を継がせる肚《はら》か。そういえば、平沢家の嫡男の真八郎どのは、矢田たちに殺されていたな。となると、娘婿が家を継ぐことになるからな」

菅井が得心したようにうなずいた。

「やっと、分かったか」

にぶいやつだ、と源九郎は思ったが、口にしなかった。

二

陽が家並の向こうに沈み、西の空は茜色《あかねいろ》の残照に染まっていた。路地には、ぽつぽつと人影があった。ぼてふり、仕事を終えた出職の職人、夕めしの菜を買いにきた長屋の女房、遊びから帰る子供たちなどが、どこか疲れた様子で歩いている。

そこは、はぐれ長屋の前の路地だった。路地木戸から、すこし離れた店屋の脇に孫六と平太の姿があった。ふたりは樹陰に身を隠して、北川たちが出てくるのを待っていたのである。

今日も、孫六たちは北川たちを尾《つ》ける者がいたら、その者を尾行して正体と塒《ねぐら》をつきとめるつもりでいた。孫六たちは十五両もの大金をもらっていたこともあり、多少あぶない目に遭《あ》っても、矢田たちの塒をつきとめたかったのだ。

孫六と平太は姿を変えていた。孫六は黒の半纏《はんてん》の股引、手ぬぐいで頰っかむりしていた。大工か屋根葺《ふ》き職人のような格好である。平太は生業《なりわい》の鳶《とび》の格好をしていた。ふたりは姿を変えることで、尾行に気付かれないようにしたのである。

「親分、茂次さんたちは、愛宕下《あたごした》まで行ってるんですかい」

平太が訊いた。

このところ数日、茂次と三太郎は渋江藩の内情を探ってみると言って、渋江藩の上屋敷のある愛宕下に出かけていた。藩邸近くの住人や藩邸に奉公する中間《ちゅうげん》をつかまえて話を訊くつもりらしい。

孫六と平太は小半刻（三十分）ほど前からこの場にいたが、北川たちがなかなか出てこないので飽きてきたのだ。

「行ってるようだな。おれとおめえは、北川さまたちの跡を尾けて矢田たちの塒をつきとめる役まわりよ」

年寄りの孫六は、愛宕下まで出かけるのは骨だったのである。それに、今日は北川の他に重松と新村も稽古に来ていた。

「北川さまたちを尾けるやつがいやすかね」

「分からねえが、いまのところ、跡を尾けてみるしかねえからな」

孫六がそう言ったとき、長屋の路地木戸から北川、重松、新村の三人が姿を見せた。長屋の脇の空き地で、源九郎たちと稽古をした帰りである。三人は路地に出ると、竪川の方に足をむけた。

北川たちの姿が半町ほど遠ざかったところで、

「平太、先に行け」

と、孫六が言った。すこし離れて別々に尾けるつもりだった。北川たちの跡を尾ける者の目をごまかすためである。

「へい」

平太は樹陰から路地に飛び出した。

孫六は平太の十間ほど後から、北川たちを尾け始めた。

北川たちは竪川にかかる一ッ目橋を渡って、大川沿いの道に出た。この前と同じように川下にむかって歩いていく。

そろそろ暮れ六ッ（午後六時）である。陽は日本橋の家並の先に沈んでいたが、まだ空は明るく、大川端の道にはまばらな人影があった。

孫六は通りの前後に目をくばりながら歩いた。北川たちを尾けているような武士の姿はなかった。

先を行く北川たちが御舟蔵の脇まで来たとき、暮れ六ッの鐘が鳴った。その鐘の音が合図ででもあったかのように、遠近《おちこち》から表戸をしめる音が聞こえてきた。商店が店仕舞いし始めたらしい。

そのとき、ふいに前を歩いている平太の足がとまった。路傍に凍りついたようにつっ立っている。

……出やがった！

孫六が胸の内で叫んだ。

左手につづく町家の脇から、ふたりの武士が飛び出してきたのだ。ふたりとも網代笠《あじろがさ》をかぶり、たっつけ袴姿だった。この前、北川たちを尾けていたふたりである。

ふたりだけではなかった。北川たちが足をとめてふたりと向き合ったとき、別の路地からあらたに三人の武士が飛び出してきて、北川たちの背後にまわり込んだのだ。三人も、網代笠をかぶっていた。北川たち三人を、五人で待ち伏せていたのである。

すぐに、孫六は平太のそばに走り寄った。

「平太！　長屋に走れ」

孫六が叫んだ。

「へ、へい」

平太は逡《しゅん》巡《じゅん》するようにその場で足踏みした。咄嗟に、何のために長屋に走るのか分からなかったらしい。

「このままじゃァ三人とも、殺《や》られちまう。華町の旦那と菅井の旦那を呼んでくるんだ」

この場から、はぐれ長屋まで近かった。何とか間に合うかもしれない。

「へい！」

平太が駆けだした。

迅《はや》い。すっとび平太と言われるだけのことはある。その後ろ姿が、見る見る孫六から遠ざかっていく。

孫六は路傍に立って、北川たちに目をやった。五人の武士にとりかこまれている。いずれも抜刀したらしく、いくつもの白刃が、夕焼けの淡いひかりのなかににぶくひかっている。

すぐに、気合や怒号が聞こえ、白刃が交差するのが見えた。闘いが始まったらしい。

……何とか、間に合ってくれ！

孫六が胸の内で叫んだ。

平太は懸命に走った。竪川沿いの通りに出て相生町一丁目に入ると、すぐにはぐれ長屋につづく路地が見えてきた。

平太は路地を走り抜け、路地木戸をくぐった。そして、源九郎の家の腰高障子をあけはなった。

平太は土間に飛び込むと、

「華町の旦那！」

と、声を上げた。

そのとき、源九郎は土間の竈《へっつい》の前にかがんで、火を焚《た》き付けようとしていた。めずらしく、夕めしを炊くつもりだったのだ。

「どうした、平太」

源九郎が立ち上がって訊いた。

「こ、殺される！　北川さまたちが、襲われた」

平太が声をつまらせて言った。顔が紅潮し、額に汗が浮いている。

「なに！　北川どのたちが襲われたと」

「へい」

「場所はどこだ」

すぐに、源九郎は座敷の隅に置いてあった大刀をつかんだ。北川たちの状況を察知したのである。

「御舟蔵の脇でさァ」

「相手は何人だ」

「五人いやした」

「平太、菅井にも知らせろ」

源九郎は、矢田たちだろうと思った。五人となると、源九郎ひとりでは太刀打ちできない。菅井の手も借りたかった。

「すぐ、知らせやす」

平太は土間から外へ飛びだした。

つづいて、源九郎も大刀を手にして外へ出た。

三

ハア、ハア、と喘《あえ》ぎ声を上げながら、源九郎は走った。心ノ臓が、早鐘のように鳴っている。足がもつれ、腰がふらついている。それでも、源九郎は走るのをやめなかった。

一ッ目橋のたもとまで来たとき、二町ほど後ろから走ってくる菅井の姿が見えた。菅井も懸命に走ってくる。さらに、菅井の後方にちいさく、平太、平沢、ゆみの姿もあった。平太は平沢たちにも知らせたらしい。

源九郎は一ッ目橋を渡り、大川端の道に出た。まだ、西の空には残照がひろがり、大川の川面を淡い茜色に染めていた。日中は客を乗せた猪牙舟《ちょきぶね》や屋根船、荷を積んだ艀《はしけ》などが行き交っているのだが、いまは何艘かの猪牙舟が見えるだけである。

源九郎は御舟蔵の近くまで来た。

……あそこだ！

通りの先に何人もの武士らしい姿があり、白刃がきらめいていた。かすかに、剣戟《けんげき》のひびきも聞こえる。

まだ、闘いはつづいている。北川たち三人は、取りかこまれているようだ。

源九郎は懸命に走った。しだいに、闘いの様子がはっきり見えてきた。北川と大柄な重松が川岸を背にして立ち、切っ先を敵にむけていた。ひとりが、川岸にうずくまっている。新村らしかった。敵刃を受けたのかもしれない。

北川も手傷を負っているらしかった。左の袖が裂けて垂れ下がっている。

敵は五人だった。いずれも網代笠をかぶっていた。面体を隠しているようだ。五人は北川と重松を取りかこみ、切っ先をむけている。ひとりだけ、着物の肩口が裂けていたが、深手ではないらしい。

「ま、待て！」

源九郎は叫んだが、すぐに荒い息に変わった。ハア、ハアと喘ぎながら、源九郎は闘いの場に近付いた。

北川たちを取りかこんだ五人の武士の動きがとまった。源九郎の方に顔をむけている。

だが、その場から逃げる様子はなかった。

「華町だ！」

長身の武士が声を上げた。

「おれが華町とやる！　おぬしらは、北川たちを斬れ」

中背の武士が言った。

胸が厚く、首が太い。どっしりとした腰をしていた。一目で、武芸の修行で鍛えた体であることが見てとれた。

「後ろからもくる！　菅井らしいぞ」

別のひとりが、叫んだ。

「やつも、斬れ！」

中背の武士が強い口調で言った。どうやらこの男が、五人のなかでは頭格らしい。矢田ではあるまいか。

源九郎は道のなかほどに立っている中背の武士を前にして足をとめた。間合は、五間ほど。遠間《とおま》である。源九郎は息がととのうまで、中背の武士と切っ先を合わせるのを避けようとしたのだ。

「う、うぬの名は」

源九郎は荒い息を吐きながら誰何《すいか》した。胸の動悸《どうき》が激しく、顔を相手にむけているのも苦しかった。

「名などどうでもいい」

中背の武士は、網代笠を取って路傍に捨てた。やはり、笠をかぶったままでは闘いづらいのだろう。

面長で、肌の浅黒い顔をしていた。鼻梁《びりょう》が高く、双眸が底びかりしている。

「いくぞ！」

中背の武士は切っ先を源九郎にむけると、摺《す》り足で間合をつめてきた。源九郎の息が乱れている間に仕掛けようとしたらしい。

源九郎は大きく息を吐きながら後じさった。

中背の武士は青眼に構えていた。切っ先が、源九郎の目線に、ピタリとつけられている。すばやい寄り身を見せたが体が揺れず、構えもくずれなかった。剣尖《けんせん》が、槍の穂先のように真っ直ぐに迫ってくる。

……手練《てだれ》だ！

源九郎は察知した。

中背の武士の体が、剣尖の向こうに遠くなったように感じられた。剣尖の威圧で、間合を遠く見せているのである。

源九郎は後じさりながら、八相に構えた。両肘を高くとり、切っ先で天空を突くように大きく構えた。

ふいに、中背の武士の寄り身がとまった。源九郎にむけられた目に、驚きの色があった。源九郎の構えを見て、遣い手だと察知したらしい。中背の武士は、源九郎を年寄りと見て侮《あなど》っていたのだろう。

「おぬし、何流を遣う」

中背の武士がくぐもった声で訊いた。

「鏡新明智流をな。……おぬしは、草薙一刀流か」

源九郎が訊いた。

「いかにも」

中背の武士は隠さなかった。剣の流派まで、隠す必要はないと思ったのかもしれない。

だが、源九郎は流派を聞いて、矢田であることを確信した。五人のなかで頭格として指図できるのは、草薙道場の師範代である矢田しかいないはずだ。

「草薙一刀流、受けてみろ!」

矢田が一声かけ、ふたたび間合をせばめ始めた。

源九郎は後ろに下がらなかった。呼吸が鎮まってきたのである。源九郎は全身に気勢を込め、斬撃の気配を見せた。

矢田との間合が、しだいに狭まってきた。ふたりは鋭い剣気をはなっている。

緊張が高まり、斬撃の気配がみなぎってきた。

ふいに、矢田の寄り身がとまった。右の爪先が一足一刀の斬撃の間境に迫っている。

イヤアッ!

突如、矢田が裂帛の気合を発した。

次の瞬間、ピクッと矢田の切っ先が撥《は》ね、全身に斬撃の気がはしった。

……くる!

源九郎が察した瞬間、矢田の体が躍動し、閃光《せんこう》がはしった。

振りかぶりざま真っ向へ。稲妻のような斬撃だった。

刹那、源九郎は八相から袈裟《けさ》に斬り下ろした。

源九郎の一撃が、矢田の斬撃をはじいた。だが、矢田の強い斬撃に押されて、源九郎の体勢がくずれた。

この一瞬の隙を、矢田がとらえた。

ふたたび、振りかぶりざま真っ向へ。神速の二の太刀である。

間一髪、源九郎は上体を左手に倒しながら、突き込むように籠手をみまった。

鍔鳴りの太刀の体捌《たいさば》きだった。咄嗟に、源九郎の体が動いたのである。

次の瞬間、ふたりは交差し、大きく間合をとってから反転して八相と青眼に構え合った。

源九郎の着物の右の肩先が裂けていた。矢田の切っ先がとらえたのである。ただ、肌に血の色はなかった。斬られたのは着物だけである。

一方、矢田の右手の甲にかすかな血の色があった。突き込むようにふるった源九郎の切っ先がとらえたのだ。だが、かすり傷である。闘いには、何の支障もないだろう。

矢田の目に驚愕《きょうがく》の色が浮いていた。源九郎が、鍔鳴りの太刀の体捌きを見せたからであろう。

「鍔鳴りか……」

矢田が訊いた。

「真似事だよ。わしには、鍔鳴りの太刀は遣えぬ」

源九郎は、鍔鳴りの太刀を会得していれば、矢田の前腕を深く斬り裂いていただろうと思った。

「うむ……」

矢田の目が鋭いひかりを帯び、全身に闘気が満ちてきた。源九郎と一合し、あらためて剣客としての血が滾《たぎ》ってきたらしい。

そのときだった。菅井に切っ先をむけていた長身の武士が、

「平沢が来る！」

と、叫んだ。

矢田がすばやく後じさって源九郎との間合をとると、通りの先に目をやった。ふたたび源九郎に顔をむけたが、その顔に逡巡するような表情がよぎった。平沢たちの姿を目にしたようだ。

ふいに、矢田は刀を下げ、

「引け！」

と、声を上げた。さらに、平沢がくわわっては太刀打ちできないとみたらしい。

矢田が反転して駆けだすと、他の四人も刀を引き、間合をとってから走りだした。

源九郎や菅井は後を追わなかった。矢田たちがその場から離れると、すぐに北川たち三人に目をやった。

重松は無傷だったが、北川と新村が手傷を負っていた。北川は左の二の腕を斬られ、着物が血に染まっている。

新村は川岸近くにうずくまり、腹を押さえていた。腹を斬られたらしい。苦しげな呻《うめ》き声をあげている。

北川と重松が新村に近付き、源九郎と菅井も新村に駆け寄った。

そこへ、平沢とゆみが走ってきた。平沢は顎を突き出し、苦しげに喘ぎ声を上げている。源九郎と同じように走るのは苦手のようだ。

「新村、しっかりしろ！」

重松が声をかけた。

新村は顔を上げて重松を見たが、すぐに顔を苦しげにゆがめたまま伏せてしまった。顔が土気色をし、低い呻き声を洩《も》らしている。腹を横に斬り裂かれたらしい。押さえた手の間から臓腑が覗き、着物がどっぷりと血を吸っていた。

……助からない！

と、源九郎はみた。

ゆみは蒼ざめた顔で、新村と北川に目をむけていた。北川の左腕も浅手ではなかった。傷口から流れ出た血が、裂けた着物を蘇芳色《すおういろ》に染めている。

四

深手を負った新村は、駕籠《かご》で日本橋富永町《とみながちょう》の町宿に運ばれた。富永町は、北川の町宿のある久松町と浜町堀を隔てた対岸に位置している。重松と新村は、富永町の借家で暮らしていたのだ。

重松たちが近くの町医者を呼んで新村の手当てをしてもらったが、翌未明に息を引き取った。

一方、北川ははぐれ長屋で、東庵の手当てを受けた。思ったより傷は深かったが、命に別条はなかった。北川がはぐれ長屋で手当てを受けたのは、ゆみが、北川さまの傷が治るまでお世話をしたい、と言い出したからである。

北川はしばらく源九郎の家に寝泊まりすることになった。傷の手当てのこともあったが、北川をひとりにしておくと、矢田たちに襲われる恐れがあったのだ。

源九郎の家に寝泊まりすることになったのは、平沢とゆみの家は狭く、北川まで同居するのは無理だったからである。

新村が殺された四日後、大目付の利根崎が重松と吉沢菊次郎《よしざわきくじろう》という藩士を連れて、はぐれ長屋に姿を見せた。平沢の家に集まったのは利根崎たち三人と源九郎、菅井、平沢、それに北川とゆみだった。利根崎によると、吉沢は御使番で国許にいるとき平沢道場の門弟だったという。

「新村は、残念なことをしました」

重松が鎮痛な顔をして言った。

「襲ったのは、矢田たちだな」

利根崎が念を押すように訊いた。

「はい、矢田しか顔を見ていませんが、いっしょにいたのは喜久田や馬淵たちにまちがいありません」

重松は、襲撃者が網代笠をかぶって顔を隠していたことを言い添えた。

「長屋からの帰りを狙われたのだな」

「どうやら、長屋を見張っていたようだ」

源九郎が、網代笠をかぶったうろんな武士が長屋を見張っていたことを話した。源九郎は孫六から話を聞いていたのである。

「やはり、目付筋の者たちを狙っていたか」

利根崎の顔に憂慮の翳《かげ》が浮いた。

次に口をひらく者がなく、座が鎮痛な雰囲気につつまれたとき、

「わしは、腑に落ちないのだがな」

と、源九郎がつぶやくような声で言った。

「腑に落ちないとは」

利根崎が、源九郎に顔をむけて訊いた。

「矢田たちは、長屋を見張ったり、重松どのたちを尾けたりして命を狙っていたようだが、追われている者たちが討手を狙うにしてはあまりに執拗《しつよう》ではないかな。むしろ、矢田たちの方が、討手のようにみえる」

源九郎が言うと、黙って聞いていた菅井が、

「おれも同じ思いだな。……重松どのたちを襲ったこともそうではないか。矢田たちは重松どのたちを確実に仕留めるために、五人もで襲っているのだ。長屋の者が見掛けたからよかったものの、そうでなければ三人とも命を失っていたぞ」

と、男たちを見まわしながら低い声で言った。

「うむ……」

利根崎は苦渋に顔をゆがめて押し黙ったが、

「華町どのや菅井どのの言うとおりだな。それがしも、矢田たちは国許から江戸に逃げてきたのではないと思えてきたのだ」

と、重いひびきのある声で言った。

その場に居合わせた平沢や北川たちの視線が、利根崎に集まっている。

「矢田たち三人は、われら江戸にいる目付筋の者たちを討つために、江戸に乗り込んできたのではあるまいか」

「どういうことです」

北川が驚いたような顔をして訊いた。平沢とゆみの顔にも驚きの色があった。ただ、重松は平静だった。すでに、利根崎と話しているのかもしれない。

「国許の荒木田や狭山たちの不正を探っていたのは、横瀬どのや国許の目付たちだけではない。われら、江戸の目付筋の者も調べを進めていたのだ」

利根崎によると、留守居役の津山は谷沢屋と望月屋の江戸店と藩の専売米の取引をめぐって深くかかわっていたという。また、津山は若いころ草薙道場の門弟だったことにくわえ谷沢屋と望月屋から賄賂《まいない》が贈られているとの噂もあって、利根崎たち江戸の目付も津山の身辺を探っていたという。

「まだ、確証はないが、津山に谷沢屋と望月屋から多額の賄賂が渡されたようなのだ。おそらく、その金は取引のなかで廻漕《かいそう》の費用を水増ししたり、実際より安く売ったことにしたりして生み出した金ではないかと睨んでいる」

「すると、矢田たちは目付筋の探索を阻止するために重松どのたちを狙ったのか」

菅井が目をひからせて訊いた。

「矢田たち三人に、津山の配下の高尾と林崎が味方しているのもそのためかもしれません」

重松が言った。

「おい、それなら、矢田たちは利根崎どのの命も狙うのではないか」

菅井が一同に視線をまわしながら言った。

北川や吉沢の顔がこわばった。菅井の懸念はもっともである。国許でも、探索の指揮をとっていた大目付の横瀬が襲撃されて斬殺されているのだ。

「油断はせぬつもりだ」

利根崎がきびしい顔で、今後、藩邸を出るときは、矢田たちに襲われても返り討ちにできるだけの警護の者を連れていくと言い添えた。

「いずれにしろ、矢田たち三人を討つだけではすまないということだな」

源九郎は、さらに津山の配下の者が矢田たちにくわわるのではないかと危惧《きぐ》した。

「そうかもしれん」

利根崎が低い声で言った。

そのとき、利根崎や源九郎の話を黙って聞いていた平沢が、

「ともかく、わしらは、矢田たちを討つしかないのじゃ」

と、語気を強くして言った。

「平沢どののおっしゃるとおり、まず、矢田、喜久田、馬淵の三人を討ってもらいたい。……それでな、ひとりだけ隠れ家が分かったのだ」

利根崎が吉沢に顔をむけ、話してくれ、と声をかけた。

「はい」

吉沢が身を乗り出すようにして話しだした。

「留守居役の津山さまが、屋敷の裏門近くで林崎どのと会っているのを目にしたのです。それがし、利根崎さまから、林崎どのか高尾どのの姿を見かけたら、行

き先をつきとめるようにと言われておりました。それで、林崎どのの跡を尾けたのです」

吉沢は、林崎に気付かれないよう一町ほど距離をとって尾行したという。

林崎は愛宕下の大名屋敷のつづく表通りを抜け、東海道へ出て南に足をむけた。そして、浜松町《はままつちょう》の町家のつづく一角にあった借家に入った。浜松町は増上寺の東方で、東海道沿いにひろがっている。

吉沢が借家の近くで聞き込んでみると、借家は一年ほど前まで渋江藩士が町宿として住んでいたことが分かった。その藩士は、参勤で国許に帰ったため空き家になっていたという。

「林崎どのが家主に話してその家を借り、隠れ家にしていたようです」

吉沢が言い添えた。

「その家には、林崎の他にも誰か身を隠しているのか」

菅井が身を乗り出すようにして訊いた。

「そうです。馬淵もそこにいました」

「馬淵か」

馬淵は、矢田とともに江戸へ出てきたひとりである。

「どうするな」

利根崎が座敷に集まっている男たちに視線をまわし、手はふたつある、と言った。

「ひとつは林崎と馬淵を捕らえて吟味し、他の仲間の居所を吐かせることだ。ただ、林崎も馬淵も、簡単には吐かないだろう。それに、林崎と馬淵が捕らえられたことを知れば、他の仲間はすぐに隠れ家を変えるはずだ。そうなれば、林崎と馬淵が吐いても、その隠れ家に矢田たちはいないかもしれない」

「もうひとつの手は」

菅井が訊いた。

「林崎と馬淵を泳がせ、他の仲間と接触するのを待って隠れ家をつきとめるのだ。尾行も、そう長い間つづける必要はあるまい。林崎にしろ馬淵にしろ、矢田たちと連絡はとりあっているはずだからな」

「どうだな、何日かふたりを尾け、それでも矢田たちの居所が知れなかったら、ふたりを捕らえて口を割らせたら」

源九郎が言うと、

「それがいいな」

と、菅井がつづいた。

利根崎や重松たちもうなずき、数日、林崎と馬淵を泳がせ、他の仲間の隠れ家をつきとめることになった。むろん、林崎たちを尾行するのは、渋江藩の目付たちの仕事である。

「華町、矢田たちの居所が知れるまで、長屋でおとなしくしているしかないな」

菅井が源九郎に顔を寄せてつぶやいた。その顔が、ほころんでいる。

……将棋だな。

源九郎は、この期に及んで、菅井の頭にあるのは将棋か、とあきれたが、きびしい顔をしたまま何も言わなかった。言っても仕方がないのである。

五

「痛みますか」

ゆみが、北川の左腕に晒《さらし》を巻きながら訊いた。

源九郎の家だった。陽が沈むころ、ゆみが姿を見せ、北川の左腕に巻いた晒を取り替えてやっていた。

北川が矢田たちに襲われて手傷を負ってから四日経っていた。その後、北川は源九郎の家で寝泊まりしていた。この間、ゆみは何度も源九郎の家に姿を見せ、北川の傷の手当てをしたり、食事の世話をしたりしていたのである。

「いや、痛みはなくなった。明日から、稽古をするつもりだ」

北川が言った。

「まだ、無理をなさらない方が……。せっかく、ふさぎかけた傷がまたひらきます」

ゆみが小声で言った。

「なに、左腕だからな。こうして晒を巻いておけば、傷がひらくことはあるまい」

「でも……」

ゆみは、それ以上言わなかった。そばに源九郎がいたので、言い合うような会話になるのをさけたかったのだろう。

源九郎は座敷の隅で茶を飲んでいた。ゆみが淹《い》れてくれた茶である。源九郎は、ゆみが来るときだけでも家を出ていようかとも思ったが、いつ来るか分からないので、それもむずかしかった。それに、ゆみたちがふたりだけで逢って話したいならいくらでもできるのだ。北川の傷は左腕だけだった。歩きまわるのに、何の支障もないのである。

「華町さま、北川どのの手当てがすみました。また、寄らせていただきます」

そう言って、ゆみは両手を畳についいて頭を下げると、すぐに腰を上げた。

ゆみは決して源九郎の家に長居しなかった。食事の支度にしろ、北川の傷の手当てにしろ、用がすむとすぐに腰を上げた。源九郎の手前もあったのだろうが、ゆみにも北川にも、胸の内に重くのしかかることがあったからであろう。それは、矢田たちを討つことと東燕流の秘剣である鍔鳴りの太刀を会得することである。

その夜、北川は源九郎と座敷に横になると、

「華町どのは、たいしたものです」

と、暗い天井に目をむけたまま小声で言った。

「なんのことだ」

「鍔鳴りの太刀のことです。……華町どのは、鍔鳴りの太刀に取り組んでまだ数日ですが、もう遣うことができます」

北川たちが大川沿いで襲われたとき、源九郎が矢田に対して鍔鳴りの太刀の体捌きで矢田の籠手を斬ったのを目にしたことを言い添えた。

「あの籠手は、矢田の手の甲をかすめただけだ。それに、わしの体勢はくずれていてな、あのまま矢田と立ち合ったら、斬られていたのはわしかもしれん」

源九郎は、心底そう思っていたのである。

「ですが、それがしは、真剣勝負のおりに鍔鳴りの太刀の構えで敵と向かい合うこともできません」

北川が細い声で言った。

「鍔鳴りの太刀の稽古を始めてどれほどになるな」

源九郎は、北川の鍔鳴りの太刀の構えや籠手に打ち込む太刀捌きなど、平沢と遜色《そんしょく》ないとみていた。

「国許にいるときに、お師匠に七年ほど手解きを受けました」

北川の師匠は、平沢である。北川は国許にいるとき、長く平沢道場に通っていたのであろう。

「七年か」

それだけ稽古を積めば、構えや太刀捌きは身につくはずである。

「なにゆえ、真剣勝負になると、鍔鳴りの太刀の構えで敵と向かい合えないのだ」

源九郎が訊いた。

「こ、怖いのです。身が竦んでしまって……」

北川の声は震えを帯びていた。心の内に鬱積していたものが、思わず口をついて出たのかもしれない。

「……」

やはり、おびえか、と源九郎は思った。源九郎自身、鍔鳴りの太刀の構えで矢田と対峙して面をあけたとき恐怖で身が竦み、棒立ちになってしまったのだ。

「わしも同じだよ」

源九郎が、矢田とやり合ったとき、怖くて身が竦んでしまった、と小声で言った。

「華町どのも！」

北川が源九郎の方に顔をむけた。暗闇のなかで、瞠いた両眼が白く浮き上がったように見えた。

「ああ、身が竦んでしまった。……わしや北川どのだけではあるまい。鍔鳴りの太刀を遣おうとすると、だれもが怖くて身が竦むのではないかな」

源九郎は、斬撃の間境に入ってから、刀を脇に寝せて面をあけるせいではないかと思っていた。

斬撃の間境のなかで、さァ、斬ってくれ、と言わんばかりに面をあけるのは、怖いことである。敵が斬撃の気配を見せていれば、強い恐怖心を覚えて当然だろう。

「ですが、身が竦んでしまっては、刀をふるうことはできません。それに、お師匠は身が竦むようなことはないのです」

北川の声が大きくなった。

「いや、平沢どのもおびえているかもしれんぞ」

「お師匠も――」

北川は身を起こした。そして、夜具の上に座りなおして、源九郎に体をむけた。

「だが、平沢どのは身が竦む前に体が反応しているのであろうな」

「体が反応するのですか」

北川が身を乗り出すようにして訊いた。

「そうであろう」

「どうすれば、身が竦む前に体が反応するようになれるのですか」

北川は源九郎を見すえて訊いた。真剣である。闇のなかで、北川の双眸が青白くひかっている。

「稽古しかないな」

「稽古ですか」

「そうだ。稽古で体に覚え込ませるしかあるまい。稽古は嘘をつかぬ。稽古で身についた呼吸や太刀捌きを体が覚えていて、勝手に反応してくれるのだ」

それは、鍔鳴りの太刀だけではない。剣の技のほとんどは、体が覚えていて敵の動きに応じて反応するのである。

そうは言っても、鍔鳴りのような太刀は心の内に生ずる恐怖心が強く、体が反応する前に身が竦んでしまうのだ。それを稽古だけで超えられるかどうか、源九郎にも分からなかった。

「………」

北川は闇を睨むように見すえたまま口を閉じていた。その目には、いままでにない強いひかりが宿っている。源九郎の言ったことを得心したかどうか分からないが、稽古をつづける気にはなったようだ。

六

茂次と三太郎は、日本橋小網町《こあみちょう》の日本橋川沿いの道を歩いていた。船問屋の望月屋の江戸店を探していたのである。

ここ数日、茂次たちは愛宕下の渋江藩の上屋敷近くに出かけ、屋敷から出てきた中間や出入りの植木職人などをつかまえて、藩邸内の様子を訊いた。だが、家中に騒動があるような話をする者はいなかった。そこで、茂次たちは大目付の利根崎や留守居役の津山や望月屋、谷沢屋などの名を出して訊くと、津山の配下の御使番がちかごろ望月屋に何度か出かけていることが分かった。

茂次たちに話をしたのは、与助《よすけ》という中間だった。与助に銭を握らせて、さらにくわしく訊くと、与助は村上周助《むらかみしゅうすけ》という御使番の供をして二度、谷沢屋に行ったことがあるとのことだった。そのとき、村上は林崎という藩士と会っていたという。

「林崎も御使番ではないのか」

すぐに、茂次が訊いた。源九郎たちを襲った五人のなかに、林崎という御使番がいたらしいと聞いていたのだ。

「そうでさァ。林崎さまは、ちかごろ屋敷に姿を見せねえで、国許に帰られたと思ってやしたよ」

与助が小声で言った。

「それで、ふたりが何を話してたか分かるかい」

茂次が訊いた。

「そこまでは、分からねえ」

与助は首をひねった。

それから、茂次たちは同じ御使番の高尾や出奔した矢田の名を出して訊いてみたが、与助は首を横に振るばかりだった。

茂次たちは与助と別れると、帰りがけに望月屋にあたってみようということになった。望月屋は日本橋小網町にあり、はぐれ長屋へ帰る道筋だったのである。

小網町の日本橋川沿いの道は、魚河岸、米河岸などが近いせいもあり、廻船問屋や米問屋などの大店《おおだな》が並んでいた。行き交う人々も、商家の旦那、奉公人、船頭、荷揚げ人足などの姿が目についた。

「茂次さん、あの店ですよ」

三太郎が、前方の店を指差した。三太郎はおっとりした性格であり、茂次が年上ということもあって、茂次に対する物言いは丁寧だった。

「大店だな」

土蔵造りの二階建ての店舗だった。小網町にある店は渋江藩の領内にある望月屋の江戸店だが、店の規模は江戸店の方が大きいのかもしれない。

盛っているらしく、商家の旦那らしい黒羽織姿の男、奉公人、印半纏姿の船頭らしい男などが、せわしそうに店に出入りしていた。

「店に入って訊くわけにはいかねえなァ」

茂次が、店先に目をやりながら言った。岡っ引きならともかく、茂次や三太郎のような男が店に入って、話を聞くわけにはいかなかった。相手にされないどころか、下手に食い下がると、奉公人や船頭たちにたたき出されるだろう。

「話の聞けそうなやつは、いねえかな」

茂次が、店先や通りに目をやりながら言った。

「あそこに、桟橋がありやすよ」

三太郎が、日本橋川を指差した。

桟橋があった。数艘の猪牙舟と茶船が舫《もや》ってあった。猪牙舟のなかに船頭がふたりいた。船から荷を揚げた後であろうか。船梁《ふなばり》に腰を下ろして、莨《たばこ》をくゆらせている。

「桟橋にいる船頭に訊いてみるか。望月屋に出入りしている船頭かもしれねえ」

茂次が言った。桟橋は望月屋の斜前にあった。望月屋の船荷を載せた船が着く桟橋であろう。

茂次と三太郎は短い石段を下りて桟橋に出ると、手前の船にいた船頭に近付いた。船頭は陽に灼《や》けた赤銅色《しゃくどういろ》の顔をしていた。五十がらみであろうか。鬢《びん》に白髪が交じっている。

「なんでえ、おめえたちは」

船頭は茂次たちに警戒するような目をむけた。手に持った煙管の雁首から立ち上った白煙が、川風に散っていく。

「ちょいと、訊きてえことがありやしてね」

茂次は首をすくめながら船頭に近寄った。

「何が訊きてえんだ」

船頭がつっけんどんに言った。不機嫌そうである。

「ふたりは、望月屋に奉公してるんですかい」

茂次は、すこし離れた船のなかにいる船頭にも目をやって訊いた。小太りの船頭だった。川の流れの音で、茂次たちの話は聞こえないのか、船底の茣蓙《ござ》を丸めている。

「それがどうした」

船頭が突っ撥ねるように言った。

茂次は、これじゃァ話もできねえ、と思い、懐から巾着《きんちゃく》を取り出して波銭を何枚か手にした。

「酒代の足しにでもしてくだせえ」

そう言って、茂次は船頭に銭を手渡した。鼻薬である。

「こいつは、すまねえ。……それで、何を訊きてえんだい」

途端に、船頭は態度を変えた。愛想笑いを浮かべて船頭の方から訊いてきた。

「口入れ屋で、お大名屋敷の中間をすすめられやしてね。その気になったんだが、妙な話を聞いちまって迷ってるんでさァ」

「どこのお屋敷だい」

船頭が訊いた。

「愛宕下の出羽国の渋江藩のお屋敷でさァ。……聞くところによると、渋江藩は望月屋と取引があるそうで」

「あるよ。……それで、妙な話ってえなァなんでえ」

そう言って、船頭は手にした煙管の雁首を船縁でたたいた。吸い殻がジュッと音をたてて川面に落ち、白い灰が水中に散らばりながら流れていく。

「家中で揉《も》め事があって、ご家来の方が殺されたとか」

茂次が、急に声をひそめて訊いた。

「そんな話は聞いてねえぞ」

船頭は首をひねった。矢田たちが大川端で北川たちを襲ったことまで、船頭の耳にはとどいてないようだ。

「話を聞いてねえんですかい。あっしは、渋江藩のご家来が望月屋にはよく来ると聞きやしたぜ」

「滅多に来ねえよ。それに、店に来ても旦那さんや番頭さんと話すだけだ。……ちかごろ、舟で送り迎えすることもあるようだがな」

船頭が言った。

「舟で送り迎えしてるんですかい」

そのとき、茂次は矢田や高尾たちを舟に乗せて目的地まで送ることがあるのではないかと思った。矢田たちがどこに住んでいるか知らないが、場所によっては深川や本所まで歩くのは大変だろう。ただ、舟を使えばすぐである。

「そうらしいな」

「愛宕下のお屋敷ですかい」

矢田や高尾は愛宕下の藩邸にはいないはずだが、そう訊いたのである。

「よく知らねえが、川向こうへ行くこともあったようだな」

川向こうというのは深川のことだった。

「どこへ行ったか、分かりやすかね」

茂次が訊いた。行き先が分かれば、だれを舟に乗せて送ったかも分かる。それに、隠れ家近くに行くこともあったかもしれない。

「おれには、分からねえ。いつも、万吉《まんきち》が船頭をしてたからな」

船頭が言った。

「万吉も、望月屋の船頭ですかい」

「そうだが、遊び人でな。あまり店には来ねえよ」

船頭の顔に嫌悪するような表情が浮いた。万吉を嫌っているようだ。

「万吉の塒はどこだい」

茂次は、万吉に訊けば様子が知れるのではないかと思った。

「塒は知らねえが、堀江町《ほりえちょう》に情婦《いろ》がいるらしいぜ」

「情婦を囲ってるんですかい」

「いや、情婦は小料理屋をやってるらしいな」

「なんてえ店で」

茂次は店の名を聞けば、万吉の居所がつきとめられると思った。

「聞いたことがあるんだがな……」

船頭は首をひねっていたが、思い出せないらしく、

「おい、留助《とめすけ》、万吉の情婦のやってる店はなんてったかな」

と、大声で訊いた。もうひとりの船頭の名は留助らしい。

「菊水《きくすい》だよ。まったく、料理茶屋みてえな名をつけやがって……」

留助が苦々しい顔をして言った。

「聞いたとおりだぜ」

船頭はそう言った後、

「おめえ、お上の御用聞きかい」

と、上目遣いに茂次を見ながら訊いた。茂次の問いが、岡っ引きの聞き込みのようになってきたからであろう。

「御用聞きが、お大名の家来のことなど訊くかい」

茂次が口元に薄笑いを浮かべて言った。

「御用聞きじゃァねえようだ」

そう言ったが、船頭の顔の不審そうな色は消えなかった。

それから、茂次は万吉の年恰好《かっこう》と人相を訊いた後、

「邪魔したな」

と言い置いて、三太郎を連れて船頭のいる船から離れた。

第四章　船問屋

一

「お師匠、いま、一手！」

北川が声を上げた。目をつり上げ、歯を食いしばっている。必死の形相である。

「よし、こい！」

平沢が木刀を青眼に構えた。平沢の顔もいつになくきびしく、額に浮いた汗を拭おうともしなかった。

はぐれ長屋の近くの空き地である。平沢と北川の他に、源九郎、菅井、ゆみの姿があった。

北川が矢田たちに襲われ、半月ほど過ぎていた。北川の腕の傷が治癒し、稽古ができるようになって四日目である。そこに、重松の姿はなかった。矢田たちに襲撃された後、また長屋への行き帰りに襲われるのではないかと危惧《きぐ》し、稽古に通うのをやめたのである。ただ、連絡のためにときおり姿を見せていた。矢田たちに知れないように牢人ふうに身を変え、人通りの多い日中に来ることが多かった。

源九郎、菅井、ゆみの三人は、空き地の隅に立って、平沢と北川の稽古の様子を見ていた。三人の顔に汗が浮いていた。すでに、源九郎たちは鍔鳴《つばな》りの太刀の稽古を半刻（一時間）ほどつづけ、一息ついていたのである。

源九郎と菅井は、ちかごろ稽古に熱が入っていなかった。鍔鳴りの太刀の構えや太刀捌《たちさば》きは分かったが、会得するむずかしさに気付き、意欲が薄れてしまったのだ。それに、自分たちの稽古は、平沢が北川に鍔鳴りの太刀を伝授させるために使われているだけだという思いもあったのである。

平沢と北川の立ち合いの間合はおよそ四間――。

平沢は青眼に構え木刀の先を相手の目線につけた。一方、北川は木刀の先を平沢の胸につけている。鍔鳴りの太刀の構えである。

……いい構えだ。

源九郎は、北川の構えを見て思った。

隙のない、腰の据わった見事な構えである。この構えを見ただけでも、北川が遣い手であることが知れる。

「まいります！」

北川が足裏をするようにして間合をつめ始めた。ザッ、ザッ、と雑草を分ける音が、北川の足元から聞こえた。

平沢も、ジリジリと間合をせばめ始めた。

平沢と北川の構えはすこしもくずれなかった。木刀の先が槍穂のように伸びていき、間合がしだいにせばまっていく。

ふいに、北川の寄り身がとまった。右足が一足一刀の間境のなかに踏み込んでいる。すぐに、北川の全身に気勢が満ち、斬撃の気配が高まった。

気攻《きぜ》めである。北川は気で攻めておいて、木刀を右手に下げて面をあけるのだ。

フッ、と北川の木刀が右手に下がり、大きく面があいた。

瞬間、北川の身が竦《すく》み、棒立ちになった。

タアッ！

裂帛《れっぱく》の気合を発し、平沢が面に打ち込んだ。鋭い一撃である。

間髪をいれず、北川は左手に上体を倒しざま、平沢の鍔元へ木刀を突き込んだ。鍔鳴りの太刀の籠手《こて》斬りである。

そのとき、アッ、という悲鳴のような声が、ゆみの口から洩《も》れた。平沢の木刀が、北川の頭上に振り下ろされたように見えたのだ。

だが、平沢の木刀は北川の右肩の上で、ピタリととまっていた。手の内を絞って、寸止《すんど》めをしたのである。平沢の木刀は北川の頭上ではなく、肩の上にあった。わずかであるが、北川は平沢の一撃をかわしていたのだ。

一方、北川の木刀も籠手からそれ、平沢の袖口を突いていた。

ふたりは一合した後、背後に跳んで間合をとった。

「まだじゃな」

平沢がきびしい声で言った。

「は、はい！」

北川はふたたび低い青眼に構えた。

源九郎は北川の動きと太刀捌きを見て、

……真剣では、鍔鳴りの太刀は遣えぬ。

と、みてとった。

北川は平沢の面打ちをかわしざま籠手をはなっていたが、まだ、一瞬身が硬くなり、平沢の打ち込みをかわしきれなかった。刀であれば、面でなく肩に斬撃を受けても命を落とすことになるのだ。

それから、北川と平沢の稽古は陽が沈んでからもつづいた。暮れ六ツ（午後六時）の鐘が鳴り、空き地は淡い暮色につつまれてきたが、ふたりは稽古をやめようとしなかった。

菅井が源九郎に近付いてきて、

「おい、おれたちは引き上げるか」

と、小声で言った。見ているのにも、飽きてきたらしい。

「そうだな」

源九郎も、後はふたりにやらせておけばいいと思った。

源九郎は近くに立っているゆみに、夕餉《ゆうげ》の支度をせねばならぬので、これで失礼する、と言い、菅井とふたりでその場を離れた。

「華町、どうする。これから、めしを炊くのか」

歩きながら、菅井が訊いた。

「面倒だな」

源九郎は、ゆみに夕餉の支度をすると言ったが、その気はなかった。

「どうだ、将棋は」

菅井が源九郎の顔を覗き込むように見て言った。獲物の魚にでも近付いていく猫のような目をしている。

「これから、将棋か」

「将棋も剣術の稽古も同じだぞ。その気になれば、いつでもできる」

「夕めしはどうするんだ、夕めしは」

「うむ……」

菅井も戸惑うような顔をした。菅井も腹がへっているようだ。

「どうだ、久し振りで、亀楽で一杯やるのは。孫六や茂次たちが、何か探り出したかもしれんぞ」

「よし、今夜は亀楽だ」

すぐに、菅井が言った。

「将棋はまただな」

「そうだな。明日の楽しみにとっておこう」

菅井が声を大きくして言った。

二

その夜、亀楽に集まったのは、源九郎、菅井、孫六、平太、茂次、三太郎の六人である。源九郎と菅井は空き地から長屋へもどると、手分けして孫六や茂次に亀楽に集まるように話したのだ。

「久し振りだな。旦那たちと飲むのは」

孫六が目尻を下げて嬉しそうな顔をした。

「今日は、大騒ぎはできんぞ。客がいるからな」

源九郎が小声で言った。

源九郎たちが店に来たとき、先客がいたので貸し切りにしてもらうわけにいかなかったのだ。

店のなかには、客がふたりいた。職人らしい男が隅の飯台に向き合い、炙《あぶ》ったするめを肴《さかな》に飲んでいる。ふたりは近くの住人であろう。源九郎は、どこかで見たような気がしたが、名は知らなかった。菅井たちも知り合いではないらしい。

「ともかく、一杯あけてくれ」

そう言って、源九郎は銚子をとると、脇に腰を下ろした孫六の猪口《ちょく》に酒をついでやった。

菅井や茂次たちも注ぎ合って、猪口をかたむけた。

いっとき飲んでから、源九郎が、

「酔わないうちに話してもらうかな」

と言って、孫六、何か知れたか、と訊《き》いた。

「あっしと平太とで探ったんですがね、てえしたことは分からねえんで」

と前置きし、長屋周辺で聞き込んだことを話しだした。

孫六によると、矢田たちは大川端で北川たち三人を襲った後、長屋の周辺には姿を見せなくなったという。

「ちょいと、気になることはあるんですがね」

孫六が顔をひきしめて言った。

「何が気になるのだ」

源九郎が訊いた。

菅井や茂次たちの目が、孫六に集まっている。

「うろんな侍が、回向院《えこういん》の脇や御竹蔵の裏手で通りかかったお侍に、華町の旦那と菅井の旦那のことを聞きまわっていたらしいんでさァ」

「通りかかった武士に、わしと菅井のことを訊いたのだな」

回向院の脇や御竹蔵の裏手は、御家人や旗本の屋敷がつづいていた。近くに住む武士をつかまえて訊いたのだろう。

「へい、訊いたのは、お侍だけのようでさァ」

「何を聞いたか分かるか」

源九郎は、矢田たちだろうと思った。

「それが、分からねえんでさァ。相手がお侍じゃァ訊きまわることもできねえ。……ちょうど近くを通りかかったぼてふりが、剣術のことを訊いていたらしいとは言ってやしたがね」

孫六は首をひねった。又聞きなので、自信がなかったのだろう。

「剣術のことだと」

どうやら、矢田たちは源九郎と菅井のことを探っていたようだ。おそらく、源九郎や菅井の遣う剣のことや出自などを訊いたのだろう。それで、長屋近くではなく武家地で、通りかかった武士に訊いたにちがいない。

「おい、華町、矢田たちは平沢どのや北川どののたちが長屋の近くで剣術の稽古をしていることを知っているのではないか。それもあって、おれたちのことを探ったのかもしれんぞ」

菅井が声を大きくして言った。

「そのようだな」

「やつら、おれたちも狙ってくるかもしれんな」

「油断できないな」

源九郎はそう言ったが、矢田たちが狙うのは、利根崎や北川などの目付筋の者たちだろうと思った。矢田が源九郎と菅井のことを探ったのは、平沢や北川に助太刀するときのことを考えてのことであろう。

「ところで、茂次たちは何か知れたか」

源九郎が茂次と三太郎に目をやって訊いた。

「あっしと三太郎とで、小網町にある望月屋を探ったんでさァ」

茂次がそう言うと、三太郎が首をすくめるようにうなずいた。

「渋江藩の米を扱っている船問屋だな」

「へい、その望月屋に御使番の村上周助ってえ藩士がときおり姿を見せるそうでさァ。その村上は、留守居役の津山の使いで来るらしいんで」

「よく分かったな」

「望月屋の船頭や奉公人から聞いたんでさァ」

茂次と三太郎は、桟橋で船頭から話を聞いた翌日、念のために店から出てきた奉公人にも訊いてみたのだ。船頭から聞いたことの他にたいしたことは分からなかったが、村上は津山の使いとして店に来て、あるじの信兵衛《しんべえ》や番頭の牧蔵《まきぞう》と話すことがあるとのことだった。

「それで」

源九郎は話の先をうながした。

「村上は、望月屋で林崎や高尾と会っている節がありやす」

茂次がそう言ったとき、

「そうか、分かったぞ」

と、菅井が声を上げた。

「村上と林崎たちが望月屋でひそかに会い、矢田との連絡をとっていたのだな。望月屋が、やつらの連絡場所になっていたにちがいない」

「菅井の読みどおりかもしれんな」

源九郎が言った。

「それに、村上や林崎たちを猪牙舟《ちょきぶね》で、送り迎えしてたやつがいやすんで」

さらに、茂次が言った。

「舟で送り迎えだと。……跡を尾《つ》けられないように、舟を使ったのだな」

また、菅井が声を大きくして言った。

「あっしも、そうみやした」

「それで、送り迎えした船頭は分かっているのか」

源九郎が訊いた。船頭が分かれば、高尾たちの行き先も分かるかもしれない。そこが、矢田たちの隠れ家ということもある。

「万吉ってやつで」

茂次は、まだ万吉の居所をつかんでいないが、堀江町の菊水という小料理屋の女将が、万吉の情婦《いろ》らしいことを話し、

「あっしと三太郎とで、菊水を張ってみやす」

と、言い添えた。

「茂次、三太郎、頼むぞ。万吉を押さえれば、矢田たちの隠れ家が分かるかもしれないからな」

「へい」

茂次と三太郎が、いっしょにうなずいた。

それから、源九郎たちは一刻（二時間）ほど酒を飲んで腰を上げた。

亀楽を出ると、満天の星だった。家並の先に、はぐれ長屋の屋根がかすかに見えた。夜陰のなかに、黒く沈んでいる。灯《ひ》の色はなかった。長屋の住人たちは、眠っているにちがいない。

久し振りに飲んだせいもあってか、孫六たちはだいぶ酔っていた。酔ったときはいつもそうなのだが、孫六、茂次、三太郎の三人が身を寄せ合って、猥雑《わいざつ》な話を始めた。ときどき、肩をたたく音や孫六のウッヒヒヒ……という奇妙な含み笑いが聞こえてくる。平太だけは、三人からすこし離れて跟《つ》いていく。若い平太は、まだ孫六や茂次たちの話にはくわわれないようだ。

「華町、将棋をやるには、すこし遅いな」

菅井が頭上の細い三日月を見上げながら言った。

「これだと、明日もできそうもないな」

「どうしてだ」

「この天気だ。明日も晴れそうではないか」

「うむ……」

　菅井は何も言わずに渋い顔をした。

三

「伊東《いとう》どのが、殺されたのですか」

　北川が驚いたように声を上げた。

　はぐれ長屋の平沢の家だった。源九郎、菅井、平沢、北川、ゆみ、それに重松と御使番の吉沢が集まっていた。昼過ぎ、重松と吉沢が長屋を訪ねてきたのだ。

　ふたりは牢人体の格好をし、深編み笠をかぶっていた。藩邸を出るおり、津山や矢田たちに気付かれないように身を変えてきたらしい。

「伊東は、昨夕藩邸の近くで何者かに斬殺されたのだ。近くを通りかかった中間《ちゅうげん》によると、襲ったのは三人で、いずれも網代笠《あじろがさ》で面体を隠した武士だそうだ。断定はできないが、矢田たちとみていいだろう」

　重松によると、伊東仙之助《せんのすけ》は目付で、重松たちといっしょに谷沢屋と望月屋を探っていたという。

「これで、新村につづいてふたり目だ」

重松が悲痛な顔をして言った。北川も肩を落とし、無念そうな表情を浮かべている。

いっとき、部屋は重苦しい沈黙につつまれていたが、

「早く、矢田たちを討たねばならんな。……このままだと、さらに矢田たちの手にかかるぞ」

と、平沢がきびしい顔をして言った。

「それで、矢田や喜久田の居所は知れたのか」

源九郎が吉沢に訊いた。

吉沢たちとの話では、林崎と馬淵の隠れ家が知れたので、ふたりをしばらく泳がせておいて、他の仲間の居所をつかむことになっていたのだ。

「それが、まだ……」

吉沢が肩を落として言った。

「うむ……」

敵も用心して迂闊《うかつ》に隠れ家に近寄らないのだろう、と源九郎は思った。それに、茂次の探ったことからみて、矢田も望月屋を連絡場所にして連絡を取り合っていたらしいのだ。

「それで、利根崎さまのお指図だが」

重松が声をあらためて言った。

「馬淵と林崎を泳がせておくのをやめ、捕らえて隠れ家を吐かせたらどうかとのことなのだ。それで、そこもとたちの手を借りたい」

「斬らずに、捕らえるのか」

菅井が訊いた。

当然、馬淵と林崎は刀を抜いて立ち向かってくるだろう。

「そうしたいが、ふたりが無理なら、ひとりだけでも生きたまま取り押さえたい」

「人数は十分だな」

源九郎が言った。

ゆみを除いても、この部屋にいるだけで六人である。敵が、馬淵と林崎だけなら戦力としては十分である。

「ふたりとも、取り逃がしたくないのでな」

「いいだろう」

菅井が承知した。

源九郎もうなずいた。そのために、源九郎たちは利根崎から多額の礼金をもらっていたし、矢田、高尾、喜久田の三人を討ち取るさいに助勢することも承知していたのだ。

「それで、いつやるな」

平沢が訊いた。

「明日の夕方、浜松町の借家に踏み込むつもりです」

「承知した」

平沢が言い、源九郎たちもうなずいた。


翌日の昼過ぎ、源九郎、菅井、平沢、北川の四人は、竪川の桟橋から茂次の漕ぐ猪牙舟に乗り込んだ。当初は、浜松町近くまで歩いていくつもりだったが、遠方だったので舟で行くことにしたのである。舟は源九郎と茂次とで近くの船宿に足を運び、相応の借り賃を渡して調達したのである。

「乗ってくだせえ」

茂次が艫《とも》に立って源九郎たちに声をかけた。茂次の生業《なりわい》は研師《とぎし》だが、猪牙舟を扱うこともできた。

源九郎たちが舟に乗り込むと、茂次は棹をとって船縁を桟橋から離し、水押《みよし》を大川にむけた。

竪川から大川までは、わずかである。大川に出た舟は、水押を下流にむけた。風のない静かな晴天のせいもあるのか、大川は客を乗せた猪牙舟、屋根船、荷を積んだ茶船などが行き交っていた。

源九郎たちの乗る舟は、大川の川面をすべるように下っていく。

永代橋をくぐると、前方に佃島が迫り、その先には江戸湊《えどみなと》の海原がひろがっていた。海原と空が青一色になって、彼方の水平線でまじわっている。その海原を、白い帆を張った大型の廻船が、ゆっくりと品川沖にむかって航行していく。

やがて、舟は佃島の脇を下って江戸湊に出た。右手に浜御殿や大名屋敷がつづき、さらにその先には増上寺の杜《もり》や堂塔が見えた。

「どのあたりに、着けやすすか」

茂次が大きな声で訊いた。大声でないと、水押が波を分ける音で、掻《か》き消されてしまうのだ。

「新堀川を入ると、すぐに金杉橋があるはずだ。その近くの船寄《ふなよせ》に着けてくれ」

源九郎が言った。

金杉橋のたもとで、重松たちと待ち合わせることになっていたのだ。

舟は浜御殿の脇を過ぎると、水押を右手に寄せ、新堀川の河口に入った。川を遡《さかのぼ》ると、前方に金杉橋が見えてきた。東海道をつなぐ橋でもあり、行き来する旅人や駄馬などが見えた。その金杉橋の右手の先に、増上寺の杜の深緑が辺りを圧するようにひろがっている。

「舟を着けやすぜ」

茂次が声を上げて、左手にある船寄に水押をむけた。

四

金杉橋のたもとで、三人の武士が待っていた。重松、吉沢、それに小菅辰之助《こすげたつのすけ》という藩士だった。小菅は重松と同じ渋江藩の目付だという。重松によると、捕らえた林崎と馬淵はすぐに藩邸内に連れていくわけにいかないので、浜松町にちかい宇田川町《うだがわちょう》にある小菅の町宿に一時監禁しておくという。それで、小菅も同行してきたそうだ。

「こちらです」

吉沢が先に立った。

源九郎たちは、東海道を北にむかった。浜松町は街道沿いにひろがっている。

平沢が街道を歩きながら、

「馬淵は、わしにまかせてもらえぬか」

と、源九郎たちに聞こえる声で言った。

「わしは、馬淵たち三人を討つために出府してきたのだからな。馬淵を逃がさぬよう、北川にも手を貸してもらうが」

平沢によると、鍔鳴りの太刀で籠手を斬れば、相手の命を奪うまでの傷は与えずにすむという。

「ならば、わしらは林崎を捕らえればいいのだな」

そう言って、源九郎が菅井に目をやると、菅井は、おれはだれでもいいぞ、と仏頂面をして言った。

「われらは、ふたりの逃げ道をふさぎましょう」

重松が口をはさんだ。重松は源九郎と菅井の腕がたつことを知っていたので、まかせる気になったようだ。

そんなやり取りをしているうちに、源九郎たちは浜松町三丁目に入った。

「右手の瀬戸物屋の脇を入った先です」

そう言って、吉沢が瀬戸物屋の角を右手におれた。

そこは細い路地で、空き地や笹藪《ささやぶ》などが目についた。小店や仕舞屋《しもたや》などが点在しているだけの寂しい裏路地である。人影もあまりなかった。ときおり、近所の住人らしい町人が通りかかるだけである。

路地を一町ほど入ったところで、吉沢は足をとめ、

「あの板塀をめぐらせた家です」

と言って、斜《はす》向かいの家を指差した。

低い板塀をめぐらせたなかに仕舞屋があった。だいぶ古い家で、庇《ひさし》の端が朽ちて垂れ下がっていた。付近に人影はなく、ひっそりとしている。

「様子を見てきましょう」

そう言い置き、吉沢が足音を忍ばせて仕舞屋に近付いた。

吉沢は板塀の脇に身を寄せ、いっときなかの様子をうかがっていたが、待つまでもなく源九郎たちのところにもどってきた。

「いるようです」

吉沢が声をひそめて言った。

「ふたりともいるのか」

重松が念を押すように訊いた。

「家から、ふたりの声が聞こえました」

吉沢によると、ひとりは林崎の声だと分かったが、もうひとりはだれの声かはっきりしなかったそうだ。ただ、男の声であることは分かったので、馬淵にまちがいないだろうという。

「支度をしよう」

重松が強いひびきのある声で言った。

源九郎たちは闘いの支度を始めた。支度といっても、源九郎と菅井は袴の股だちを取り、刀の目釘を確かめるだけである。平沢や重松たちは袴の股だちを取ると、襷《たすき》で両袖を絞った。

「行くぞ」

源九郎たちは足音を忍ばせて、仕舞屋に近付いた。路地に面した側に枝折《しお》り戸があった。そこから、家の戸口に行けるようだ。

枝折り戸を押して戸口に近付くと、家のなかからくぐもった声が聞こえてきた。男の声であることは分かったが、話の内容までは聞き取れなかった。

戸口は引き戸になっていた。一寸ほどあいたままになっている。戸締まりはしてないらしい。もっとも日中であり、武士がふたり家にいるのだから戸締まりなどするつもりはないのだろう。

「おれと小菅は、裏手にまわる」

重松が小声で言った。念のために、裏口をかためるのである。

菅井は重松と小菅が家の脇から裏手にまわるのを見てから、

「入るぞ」

と小声で言って、引き戸をあけた。

狭い土間があり、その先に障子がたててあった。右手に廊下があった。奥につづいているらしい。

家のなかの話し声がやんでいた。物音もせず、ひっそりと静まっている。林崎と馬淵は、引き戸のあく音を耳にし、戸口の様子をうかがっているのではあるまいか。

源九郎と菅井は、そろそろと右手にまわった。廊下から奥へ行こうとしたのだ。ふたりが忍び足で、廊下まで行ったとき、

「馬淵源之丞、姿を見せろ！」

と、平沢が声を上げた。

すると、障子の向こうで、「討手だぞ！」「平沢たちか」という男の声がし、ひとの立ち上がる気配がした。

カラリ、と障子があいた。姿を見せたのは、大柄な武士と中背で痩身の武士だった。馬淵と林崎らしい。

そのとき、土間に立っていたのは平沢、北川、それに吉沢だった。

「平沢たちだ！」

馬淵が叫んだ。

「馬淵、外に出ろ！　東燕流の太刀を見せてやる」

平沢が喝するような声で言った。老いた顔がひきしまり、双眸《そうぼう》が切っ先のようにひかっている。

「おのれ！」

馬淵が目をつり上げ、右手にひっ提げていた大刀を抜き放って鞘を足元に落とした。眉が濃く、頤《おとがい》の張った厳《いか》めしい顔付きの男である。

「ま、馬淵、逃げよう」

脇にいた林崎が、声を震わせて言った。顔がこわばっている。動揺しているようだ。

そのとき、廊下側の障子があき、源九郎と菅井が姿をあらわした。

「逃がすか！」

菅井が声を上げた。

「華町と菅井か」

馬淵がうわずった声を上げた。すでに、馬淵は大川端で、源九郎と菅井を目にしていた。ふたりの名も知っているらしい。長屋付近で聞き込んだおり、名も確かめたのだろう。

「馬淵、表へ出ろ！」

平沢が叫び、後じさって敷居をまたいだ。そばにいた北川と吉沢も、すぐに外に飛び出した。

「こうなったら、平沢たちを斬るしかない」

言いざま馬淵が土間に飛び下りると、林崎もつづいた。逃げられないとみて、闘う気になったようだ。

五

戸口の脇に空き地があり、立ち合うだけのひろさがあった。空き地は雑草でおおわれていたが、丈の高い草や蔓草《つるくさ》はないので、それほど足場は悪くない。

平沢は馬淵と対峙《たいじ》したが、軽い咳をすると、

「北川、馬淵はまかせた」

と言い、すぐに馬淵の左手に動いた。

「は、はい」

北川の顔に逡《しゅんじゅん》巡するような表情が浮いたが、すぐに消え、ひきしまった顔になった。

すばやく、北川は馬淵の正面にまわり込んだ。双眸に強いひかりが宿っている。剣客らしい厳しい面貌《おもて》である。北川も、東燕流の遣い手であった。

「北川が相手か」

馬淵の口元に薄笑いが浮いた。平沢ではなく、北川なら斬れる、と踏んだのかもしれない。

平沢は馬淵の左手に立って青眼に構えると、切っ先を馬淵の目線の高さにつけた。ただ、間合は五間ほどとっていた。この場は北川にまかせるつもりらしい。

北川と馬淵の間合はおよそ四間。まだ、遠間《とおま》である。

「いくぞ！　馬淵」

北川は低い青眼に構え、切っ先を馬淵の胸につけた。鍔鳴りの太刀の構えである。

対する馬淵は、八相に構えた。刀身をやや寝かせ、切っ先を背後にむけていた。ゆったりとした大きな構えである。大柄な体とあいまって、上から覆いかぶさってくるような威圧感がある。

北川が爪先で雑草を分けるようにして間合をつめ始めた。叢《くさむら》が揺れ、北川の足元で、ザッ、ザッと音がした。

馬淵もすこしずつ間合を狭めていく。

ふたりの間合が迫ってきた。ふたりの身辺に気勢がみなぎり、斬撃の気配がしだいに高まってくる。

このとき、源九郎は林崎と対峙していた。菅井は林崎の右手にまわり込み、左手で鍔元を握り、右手を刀の柄に添えていた。居合腰に沈め、抜刀体勢をとっている。源九郎の闘いぶりをみて、踏み込むつもりのようだ。

源九郎は低い八相に構えていた。刀身を峰に返している。源九郎は林崎を峰打ちにするもりだった。生け捕りにするためである。

対する林崎は青眼に構えていた。切っ先が源九郎の目線につけられている。構えに隙はなかったが、切っ先がわずかに震えていた。真剣勝負の恐怖と興奮で、体が硬くなっているのだ。

「いくぞ！」

源九郎が低い声で言った。顔が豹変《ひょうへん》していた。いつもの茫洋《ぼうよう》とした顔ではなく、剣客らしい凄《すご》みがあった。顔がひきしまり、双眸が鋭いひかりを宿している。

源九郎は趾《あしゆび》を這《は》うように動かし、ジリジリと間合を狭め始めた。

一方、林崎は動かなかった。源九郎にむけられた視線が揺れている。林崎は動きをとめて、源九郎の斬撃の起こりをとらえようとしているのではなかった。源九郎の威圧に圧倒され、自分から間合をつめられなかったのだ。

源九郎は斬撃の間境に踏み込むや否や仕掛けた。

タアッ！

と鋭い気合を発しざま、ビクッ、と刀身を下げ、八相から斬り込む動きを見せた。誘いである。

この誘いに林崎が釣られ、

トオオッ！

と甲走った気合を発して、斬り込んできた。

踏み込みざま、真っ向へ。

この斬撃を読んでいた源九郎は、一瞬右手に踏み込みざま刀身を横に払った。

一瞬の太刀捌きである。

林崎の切っ先は源九郎の肩先をかすめて空を切り、ドスッ、というにぶい音がして、林崎の上半身が前にかしいだ。源九郎の刀身が林崎の腹にめり込んでいる。峰打ちが胴にきまったのだ。

林崎は手にした刀を取り落とし、両膝を叢についてうずくまった。両手で腹を押さえて苦しげな呻《うめ》き声を上げている。

源九郎は林崎に身を寄せ、切っ先を林崎の首筋にむけると、戸口に立って闘いに目をむけていた吉沢に、

「縄をかけてくれ」

と、声をかけた。

すぐに、吉沢が走り寄ってきた。

北川と馬淵は一足一刀の一歩手前で寄り身をとめ、気で攻め合っていた。気魄《きはく》で攻め、相手の構えをくずしてから仕掛けるつもりなのだ。

ふたりとも動かなかった。気の攻防である。

そのとき、北川の左手にいた平沢が、スッと間合をつめた。平沢は北川の動きをみて助勢しようとしたのである。

この平沢の動きで、北川と馬淵の間に張りつめていた緊張が切れ、ふたりの斬撃の気配が一気に高まった。

北川が半歩踏み込み、ふいに刀身を右手に下ろし、面を大きくあけた。

瞬間、馬淵の全身に斬撃の気がはしった。

とその一瞬、北川の体が硬直したようにつっ立った。北川は強い恐怖を覚えて身が竦《すく》んだのである。

この一瞬の隙を馬淵がとらえ、
イヤアッ！

と、裂帛《れっぱく》の気合を発して斬り込んだ。

振りかぶりざま真っ向へ。鋭い斬撃である。

そばで見ている者がいたら、北川が斬られた！　と思っただろう。

だが、その一瞬、左手から閃光《せんこう》がはしった。平沢が斬り込んだのだ。その刀身と馬淵の刀身が合致し、甲高い金属音がひびいた。

次の瞬間、馬淵の刀身が撥《は》ね上がった。

平沢が左手から逆袈裟《ぎやくげさ》に斬り上げ、馬淵の斬撃をはじいたのである。

一方、北川が棒立ちになっていたのは、ほんの一瞬だった。馬淵の切っ先が真っ向に迫る寸前、北川は左手に体を倒し、突き込むように籠手をみまっていた。

その切っ先が、馬淵の右の二の腕を斬り裂いた。馬淵は刀を取り落とし、体勢をくずして前によろめいた。

北川は馬淵の脇をすり抜け、間合をとってから反転した。北川の顔は紙のように蒼ざめ、刀身が小刻みに震えている。

「ま、まだ、鍔鳴りは遣えませぬ」

北川が声を震わせて言った。

このとき、北川はすべてを察知した。平沢は北川に馬淵を相手に鍔鳴りの太刀を遣わせ、真剣勝負をとおして北川に鍔鳴りの太刀の極意を会得させようとしたのだ。

だが、北川ははぐれ長屋の空き地で稽古をしているときと変わらず、肝心なときに身が竦んでしまい、馬淵を斬れなかったのである。

平沢が蒼ざめた顔でつっ立っている北川に、

「北川！　馬淵を捕らえろ」

と、叱咤《しった》するような声で叫んだ。

平沢は、叢に膝をついてうずくまっている馬淵の喉元に切っ先をつきつけていた。馬淵の右腕の出血は激しかった。北川の一撃は、馬淵の二の腕を深く斬り裂いたらしい。右腕が、赤い布でおおわれたように血に染まっていく。

「は、はい！」

北川はすぐに馬淵に駆け寄り、用意した細引を馬淵の胸から背にかけてまわした。

馬淵は抵抗しなかった。苦悶《くもん》するように顔をしかめ、北川のなすがままになっている。

六

その日、源九郎、菅井、平沢の三人は、馬淵と林崎を小菅の借家に連れていくと、後のことは重松たちにまかせて、茂次の待っている猪牙舟にもどった。北川は目付のひとりとして、重松たちと馬淵と林崎の吟味にあたるという。吟味といっても、矢田や喜久田たちの隠れ家を吐かせることが狙いだった。

茂次の漕ぐ舟は江戸湊から大川の河口に入ると、上流に水押をむけて川を溯り始めた。水押が川面を分け、白い水飛沫《みずしぶき》が左右に飛び散った。その水飛沫の音が、耳を聾するほどにひびいている。

辺りは夕闇に染まっていた。大川に船影はなく、黒ずんだ川面に無数の波の起伏がたち、江戸湊の広漠とした海原までつづいている。

源九郎たちの乗る舟が、永代橋をくぐったとき、

「華町どの、菅井どの、頼みがあるのだがな」

と、平沢が声を大きくして言った。水押が川面を分ける水音で、ちいさな声では聞こえないのだ。

「なにかな」

源九郎が訊いた。菅井は黙したまま平沢に目をむけている。

「わしが、もしものときは、北川に鍔鳴りの太刀を伝授してやってはくれまいか」

平沢の顔に寂しげな翳《かげ》があった。声にも、いつもの硬骨なひびきがない。

「何を言う。わしに、伝授できるわけがなかろう。そもそも、わしは鍔鳴りの太刀を遣えないのだぞ。それは、おぬしも承知しているだろう」

源九郎が慌てて言った。

「いや、おぬしは鍔鳴りの太刀を遣えなくとも、伝授することはできる。菅井どのも、同じだ」

そう言って、平沢は菅井にも目をやった。

菅井は口を引き結んだまま黙って、虚空を見すえている。

「どういうことだ」

源九郎が、声をあらためて訊いた。

「おぬしたちもそうだが、北川は鍔鳴りの太刀の構えも間積もりも、太刀捌きも身につけている」

「そのようだな」

源九郎と菅井はともかく、北川が鍔鳴りの太刀の刀法を身につけているのはまちがいなかった。刀法だけなら、平沢とまったく遜色《そんしょく》ないだろう。いや、北川が若いだけに動きや太刀捌きは平沢より上かもしれない。

「じゃが、北川には遣えぬ。今日、馬淵を相手に遣わせてみたが、まだ真剣で鍔鳴りの太刀をつかうのは無理だ」

「うむ……」

源九郎は林崎を仕留めた後、北川と馬淵の闘いに目をやったが、平沢の言うとおり、北川は鍔鳴りの太刀で馬淵を斃《たお》すことはできなかった。

「おぬしたちは、北川がなにゆえ鍔鳴りの太刀を遣えぬか、分かっていよう」

平沢が言った。

「おびえか」

「そうだ。鍔鳴りの太刀を会得するのに、もっともむずかしいのはおびえをいかに克服するかじゃ。……わしも、お師匠の稲沢さまから鍔鳴りの太刀を指南されたおり、なかなかおびえを克服することができず、真剣勝負で遣えるようになるまでに数年かかった。……だが、わしは、北川が会得するまで数年も待つことはできんのじゃ」

平沢が源九郎と菅井に目をむけて言った。その顔に、必死さがあった。平沢は何としても北川に鍔鳴りの太刀を伝授したいようだ。

「おぬしが上意討ちを志願し、出府したのは、江戸にいる北川に鍔鳴りの太刀を伝授したいためもあったのか」

源九郎が訊いた。

「そうだ。倅の真八郎が死んでしまったのでな。東燕流の跡を継げるのは、北川しかいなくなったのだ」

平沢によると、国許の平沢道場では、真八郎と北川が出色の遣い手だったという。そうしたなか、平沢は将来を見込んでふたりに鍔鳴りの太刀の指南を始めた。ところが、三年前、北川は江戸勤番を命じられて国許を離れてしまった。

そこで、平沢は倅の真八郎に鍔鳴りの太刀を会得させ、藩の許しが得られれば平沢道場も継がせようと思った。

さっそく、平沢は真八郎に対し、あらためて鍔鳴りの稽古を始めた。そうした矢先に、真八郎が矢田たちに襲われて落命したという。

「それで、鍔鳴りの太刀を会得し、東燕流を継げるのは北川しかいなくなってしまったのだ」

平沢が厳しい顔をして言った。

すると、これまで黙って話を聞いていた菅井が、

「ゆみどのと北川どのは、夫婦約束でもしているのか」

と、訊いた。

「そうだ。国許にいるときから、ゆみを北川の嫁にやることになっていたのだ」

「話は分かったが、おれたちに鍔鳴りの太刀の伝授など無理だ。……居合なら指南してやってもいいがな」

菅井が言った。

「いや、おぬしたちならできる。……わしはな、もしものことを考え、おぬしたちなら北川に鍔鳴りの太刀を会得させられると見込んだからこそ、北川といっしょに稽古を頼んだのだぞ」

平沢が、語気を強めて言った。

「そういう魂胆で、おれたちを稽古に引っ張り込んだのか」

菅井があきれたような顔をした。

「ところで、平沢どの、鍔鳴りの太刀を会得していないわしらが、どうして北川どのに指南できるのだ」

源九郎が訊いた。

「北川には、もう鍔鳴りの太刀の指南をしなくともいいのだ。……後は、真剣で敵と対峙して面をあけたとき、おびえに身が竦むことなく斬り込めるかどうかだ」

「うむ……」

　そのことは、源九郎にも分かっていた。

「華町どの、こうなると、東燕流も鏡新明智流もあるまい。どのような流派であれ技であれ、刀を手にした敵の前に己を晒《さら》すことは怖いはずだ」

「たしかに、そうだ」

　源九郎は平沢の言うとおりだと思った。

「もしも、わしが刀をふるえなくなったら、ふたりで北川に指南してくれ」

　平沢が真剣な顔付きで、源九郎と菅井を見つめて言った。

「おぬし、いまにも死にそうな口振りだが、その咳のせいか」

　菅井が、声をあらためて訊いた。

「労咳《ろうがい》ではないかとみている」

　平沢が低い声で言った。

「労咳であっても、それだけ元気なら、五年や十年は死ぬようなことはないと思うがな」

　菅井が言った。

「いや、労咳で死ななくとも、わしの命はそう長くはないはずだ。わしが剣を握っているうちは、いつ死ぬか分からんからな」

「どういうことだ」

源九郎が訊いた。

「おぬしも、見ただろう。わしは、北川が敵の前で身が竦むのと同じになる。真剣勝負のおりに体に力が入ると、決まって咳き込むのだ。……咳き込むのは、身が竦むよりまずい。体がいうことをきかないのだ。斬ってくれと言って、首を差し出すようなものじゃ」

「うむ……」

源九郎は、平沢の胸の内が分かった。平沢はいつ死ぬか分からない身だからこそ、生きているうちに北川に東燕流の鍔鳴りの太刀を伝授しておきたいのであろう。

「分かった。平沢どの、引き受けよう。ただし、わしらは北川どのといっしょに稽古するだけだぞ」

源九郎が言うと、菅井もうなずいた。

「頼む」

平沢が真剣な顔をして源九郎と菅井に頭を下げた。

七

座敷の隅に置かれた行灯《あんどん》の灯《ひ》が、男たちの姿をぼんやりと照らしていた。座敷に集まっているのは、重松、吉沢、小菅、北川の四人である。その四人に取りかこまれ、林崎が後ろ手に縛られたまま座っていた。

そこは、小菅の住む町宿の座敷だった。その場に、馬淵の姿はなかった。重松たちは林崎と馬淵を別々に吟味した方がよいと考え、まず林崎に話を訊いてみることにしたのだ。

林崎の顔が苦痛にゆがみ、体は小刻みに顫《ふる》えていた。源九郎に峰打ちで腹を強打され、それが痛むようだ。肋骨《ろっこつ》でも折れているのかもしれない。

「林崎、藩邸を出て借家に身を隠していたのは、どういうわけだ」

重松が訊いた。本来なら大目付が藩士の吟味にあたるところだが、今夜のところは林崎と馬淵から矢田や喜久田の隠れ家を聞き出すのが狙いだったので、重松たちがあたったのである。吟味というより、事情聴取といったところであろうか。

「う、うぬらに話すつもりはない」

林崎が、震えを帯びた声で言った。

「林崎、おれたちは、この場でおぬしを斬り殺すこともできるのだぞ。話を聞こうとしたら、いきなり斬りかかってきたので、やむなく斬ったことにすればいいのだ。……おぬしが藩に許しもなく借家を借り、上意討ちの沙汰が下りている馬淵を匿《かくま》っていたのはまちがいないからな」

「……！」

林崎は口をつぐんだまま視線を落とした。顔が蒼ざめ、体の顫えが激しくなった。

「それに、おぬしが死ぬだけではすむまいな。馬淵たちと同罪とみなされ、林崎家に累が及ぶかもしれんぞ」

「なに……」

林崎の顔が恐怖と困惑にゆがんだ。

「何もそこまで、津山さまに尽くすことはあるまい。それに、津山さまはうまく言い逃れて何の罪も問われないかもしれないぞ。馬鹿をみるのは、おぬしたちだけということになる」

重松は留守居役の津山の名を出した。林崎は、津山の指図で動いているとみたからだ。

北川たちは黙っていた。この場は、重松にまかせるつもりらしい。

「……」

「林崎、おぬしが平沢どのたちを襲ったのは、津山さまの指図があったからではないのか」

「そ、そうだ。おれは、津山さまのお指図にしたがっていただけだ」

林崎が、声を震わせて言った。

「ならば、話せ。……われらに味方し、上意討ちに協力したことにすれば、これまでの罪は軽くなるはずだ」

重松は巧みに林崎の自白を誘った。長く目付として罪を犯した家臣の探索や吟味にあたってきただけのことはある。

「津山さまは、谷沢屋や望月屋と昵懇《じっこん》にしているな」

重松は、曖昧《あいまい》な聞き方をした。昵懇にしているだけなら何の罪もないのだ。

「……」

林崎がうなずいた。

「多少の金は、賄賂《まいない》として津山さまに流れているのだろう」

賄賂を理由に、処罰するのはむずかしいだろう。それを承知で、重松は訊いた。林崎が話しやすくするためである。

「津山さまの懐には、谷沢屋と望月屋から金が入っているらしい」

林崎が認めた。

「その金は、どうやって生み出しているのか、知っているか」

問題は、金の流れに不正があるかどうかである。

「し、知らない」

林崎が小声で言った。

「おれたちも、あらかたつかんでいる。帳簿類をごまかしているらしいが、おぬしがかかわっているのではあるまいな」

重松は、林崎にしゃべらせるために鎌をかけてみた。

「お、おれは、何のかかわりもない。谷沢屋と望月屋の者がやっていることだ」

林崎が、声をつまらせて言った。

「やはりそうか」

重松たちが睨んでいたとおりである。不正な金を生み出すために帳簿の記載をごまかしているのは、谷沢屋と望月屋の奉公人らしい。おそらく、番頭であろう。

「ところで、おぬしと同じように藩邸を出た高尾はどこにいる」

重松は、高尾のことを訊いた。同僚であれば、屋敷を出た後も頻繁に接触しているとみたのである。

「居場所は知らない。おれたちはお互い、行き来しないようにしていたのだ」

「おかしいな。これまで、おぬしは高尾や矢田たちといっしょに動いていたはずだぞ」

重松がそう言ったとき、そばで訊問のやり取りを聞いていた北川が、

「大川端で、おれたちを襲ったとき、高尾や矢田たちといっしょにおぬしもいたではないか」

と、語気を強くして言った。

大川端で、北川たちを襲ったのは五人だった。いずれも網代笠をかぶっていて顔は見えなかったが、その体付きから、北川は五人のなかに林崎もいたとみたのである。

「……連絡は取り合っていた」

林崎は、肩を落として言った。北川に指摘されて、隠しきれないと思ったらし

い。

「どうやって、連絡をとっていたのだ」

さらに、重松が訊いた。

「望月屋で会っていた」

「望月屋が密談場所か」

「そうだ」

「そう度々、望月屋で会っているわけにはいくまい」

「望月屋の船頭がつないでくれた。それに、船頭は矢田どのや高尾どのを住まいの近くまで舟で送り迎えしていたようだ」

「その船頭の名は」

重松は船頭に訊けば、矢田や高尾たちの隠れ家が知れるのではないかと思った。

「万吉という名だったな」

「万吉か……」

すでに、源九郎たちは望月屋が林崎たちの連絡場所になっているらしいことと、万吉が舟で送り迎えしていることはつかんでいたが、まだ重松たちの耳には入っていなかったのだ。

ただ、これで、望月屋のかかわりと万吉が矢田や林崎たちの送り迎えにあたっていたことが、はっきりした。

それから、重松は林崎に津山と国許の普請奉行の荒木田、郡奉行の狭山とのかかわりも訊いてみたが、知らないようだった。

つづいて、重松たちは馬淵の訊問を始めた。だが、馬淵はほとんど口をひらかなかった。黙したまま土気色の顔をし、体を小刻みに顫わせている。

馬淵の腕の傷は思ったより深く、二の腕を縛った手拭いはどっぷりと血を吸い、染み出した血が肌をつたって流れ落ちていた。

馬淵が口にしたのは、国許で横瀬や平沢真八郎を襲って斃したことだけだった。

馬淵によると、渋江藩の領内に草薙一刀流の精妙さを示し、一門を隆盛させるために東燕流一門である大目付の横瀬と東燕流の平沢道場を継ぐ噂のある真八郎の命を狙ったと話した。

「すべて、草薙一刀流を守るためにやったことだ」

馬淵が強い口調で言い添えた。

「普請奉行や郡奉行の不正を隠すためではないのか」

と、重松が訊くと、

「おれは、ほかのことは知らぬ」

馬淵はそう言ったきり、口をつぐんでしまった。

第五章　剣鬼甦《たお》る

一

茂次と三太郎は、日本橋堀江町の入堀沿いの道を歩いていた。通りは賑やかで、ぼてふり、職人ふうの男、印半纏《しるしばんてん》姿の船頭、風呂敷包みを背負った店者《たなもの》、町娘……などが、行き交っている。

茂次たちが歩いているのは、堀江町二丁目だった。前方に親父橋が見えている。

「三太郎、この辺りのはずだがな」

茂次が通りに目をやりながら言った。

茂次たちは、菊水という小料理屋を探していた。万吉の情婦《いろ》が女将《おかみ》をしている店である。菊水を探れば、万吉の居所が知れるのではないかと思ったのだ。

茂次たちは、まず菊水を探そうと思い、堀江町に足を運んできて、小料理屋、酒屋、一膳めし屋など、菊水のことを知っていそうな店に立ち寄って訊いてみた。すると、酒屋の親爺が、菊水は親父橋から一町ほど離れた入堀沿いにあると話してくれたのである。

「茂次さん、あそこに小料理屋らしい店がありやすよ」

そう言って、三太郎が前方を指差した。

店の戸口は格子戸で、暖簾《のれん》が出ていた。戸口の脇に掛け行灯《あんどん》が下がっている。小料理屋らしい、小体《こてい》な店だった。近付くと、掛け行灯に「酒処　菊水」とちいさな文字で書いてあった。

「この店ですぜ」

三太郎が小声で言った。

「客はいねえようだな」

店はひっそりとして、物音も話し声も聞こえなかった。ただ、暖簾が出ているので、店はひらいているようである。

「店に入って訊《き》くわけにはいかねえなァ」

茂次と三太郎は、そのまま菊水の店先を通り過ぎた。万吉にしろ女将にしろ、下手に話を聞くことはできなかった。矢田たちに知らされれば、隠れ家を変えるかもしれないのだ。

「とりあえず、近所で万吉のことを訊いてみるか」

茂次は、万吉の所在をつかんでから手を考えようと思った。

茂次と三太郎は入堀沿いの通りを歩き、親父橋のたもと近くに瀬戸物屋があったので、店先にいた年配のあるじらしい男に話を聞いてみることにした。

「この先の菊水を知ってるかい」

茂次が訊いた。

「知ってますよ」

あるじらしい男は、無愛想な顔をして言った。茂次と三太郎が客ではないと分かったからであろう。

「あの店に、おれがむかし世話になった万吉ってえ男が来るはずなんだが、名を聞いたことがあるかい」

「さァ、知りませんねえ」

「万吉は、小網町の望月屋で船頭をしてるんだがな」

堀江町と小網町は近いので、望月屋のことは知っているはずである。

「あの男ですか」

あるじらしい男が、小声で言った。万吉を知っているようだ。

「万吉は、菊水によく来るのかい」

「毎日、かかさずに来てるようですよ」

男の口元に薄笑いが浮いたが、すぐに消えた。何か、卑猥《ひわい》なことでも頭をよぎったのかもしれない。

「日参かい。万吉のやろう、女将に惚れてやがるな」

茂次は、いかにも万吉の知り合いのような口をきいた。

「わたしも、菊水に行ったことがありましてね。何度か、万吉さんと顔を合わせてますよ。近ごろ、わたしはご無沙汰してますがね」

そう言うと、男はまた口元に薄笑いを浮かべた。

「ちょいと、店を覗きに来たんだが、万吉と鉢合わせしたくねえな。……それで、万吉はいつも何時《なんどき》ごろ来るんだい」

茂次が訊いた。

「陽が沈んで、半刻（一時間）ほどしてから来るときが多いようですよ」

「まさか、店に泊まらねえだろうな」

「どうですかね」

そう言うと、男は茂次の顔を覗くように見て、

「たまには、泊まるかもしれませんよ」

と小声で言い、いつまでも、油を売ってるわけにはいきませんので、わたしはこれで、と言い置き、男はそそくさと店に入ってしまった。

「三太郎、万吉が姿を見せたら跡を尾《つ》けてみるか」

茂次は、万吉の塒《ねぐら》をつかんでから源九郎たちに話そうと思った。

「そうしやしょう」

「まだ、しばらく菊水には来ねえだろうな」

茂次は西の空に目をやって言った。

七ツ半（午後五時）ごろであろうか。西陽が家並の間から射し込み、通りを淡い蜜柑色《みかんいろ》に染めていた。通りには人通りがあり、店屋もまだ商いをしている。

「めしを食って腹ごしらえをしておくか」

今夜は長丁場になりそうである。

三太郎は、顔をほころばせてうなずいた。腹がすいているのかもしれない。

ふたりは堀沿いの道を歩き、一膳めし屋を見つけて店に入った。今後の張り込みと尾行を考え、ふたりは酒を頼まずにめしだけ食って店を出た。

ふたりは菊水の近くにもどると、店先の見える堀沿いの柳の陰に身を隠した。

ふたりが、その場に来ていっときすると、暮れ六ッ（午後六時）の鐘が鳴った。その鐘の音がやむと、遠近《おちこち》から表戸をしめる音が聞こえてきた。店屋が店仕舞いを始めたのである。

それから半刻（一時間）もしただろうか。入堀沿いの通りが夕闇につつまれてきたとき、菊水の店先に小太りの男が近付いてきた。

「やつかもしれねえ」

茂次は樹陰から身を乗り出すようにして男を見た。

男は棒縞の単衣《ひとえ》を裾高に尻《しり》っ端折《ぱしよ》りし、両脛をあらわにしていた。小太りで、猪首《いくび》のようだ。茂次は望月屋の船頭から、万吉は小太りで猪首だ、と聞いていたが、まだ万吉とは決め付けられない。

男が菊水の戸口に立ったとき、掛け行灯の明かりに、その横顔が浮かび上がった。大きな鼻である。

「やつだ、まちげえねえ」

茂次が声を上げた。茂次たちに話した船頭によると、万吉は鼻が大きく唇の厚い男とのことだった。

「茂次さん、どうしやす」

三太郎が訊いた。

「長丁場になるが、やつが店から出てくるのを待って尾けてみよう」

茂次が言うと、三太郎がうなずいた。

ふたりは場所を移した。柳の樹陰近くに腰を下ろすところがなかったのだ。すこし菊水からは遠くなるが、近くに入堀の船寄に下りる石段があったので、ふたりはその石段に腰を下ろした。

風のない静かな夜だった。満天の星で、弦月が皓々《こうこう》とかがやいている。

万吉が菊水から出てきたのは、茂次たちが石段に腰を下ろして一刻（二時間）ほどしてからだった。

万吉は店先に見送りにきた女将らしい女に何やら声をかけると堀沿いの道に出た。茂次たちに背をむけて、北に歩いていく。

「尾けるぜ」

茂次が三太郎に声をかけて通りに出た。すぐに、三太郎も跟《つ》いてきた。

尾行は楽だった。通り沿いの店屋の軒下や樹陰は闇につつまれ、ふたりの姿を隠してくれたからだ。それに、前を行く万吉の姿は月光に浮き上がるように見えていた。

万吉は入堀の突き当たりまで行き、堀留町《ほりどめちょう》の裏路地をしばらく歩いてから路地木戸に入った。長屋の路地木戸である。

「やつの塒は、ここだぜ」

茂次が路地木戸の前に立って言った。

「今夜は、これまでだな」

茂次たちは、路地木戸の前から離れた。裏路地は深い夜陰につつまれ、これ以上どうすることもできなかったのである。

翌日、茂次と三太郎はふたたび堀留町に来て、万吉の入った路地木戸の近くで聞き込んだ。その結果、長屋は牧右衛門店《まきえもんだな》で、万吉は独り住まいであることが知れた。

二

「万吉の居所が、分かったのですか」

北川が驚いたような顔をして、源九郎に訊いた。

はぐれ長屋の源九郎の家だった。源九郎と北川の他に、菅井、茂次、三太郎の三人の姿があった。

源九郎は茂次たちから万吉の塒をつかんだことを聞くと、まず長屋にいた北川に話した。それというのも、重松や北川たちが林崎と馬淵を訊問し、望月屋の船頭の万吉が矢田たちの隠れ家を知っているらしいと分かり、重松たちが万吉の居所を探していたからだ。

「茂次たちが、嗅《か》ぎ出したのだ」

源九郎は重松や北川たちに、はぐれ長屋の仲間が探索に手を貸してくれていることを話してあった。

「万吉を捕らえて、口を割らせましょう」

北川が勢い込んで言った。

「万吉は、わしらが捕らえようか。相手は船頭ひとりだ。それに、矢田たちや望月屋に、万吉を捕らえたのは渋江藩の家臣ではないと思わせた方がいいのではないかな」

源九郎が言った。

「そのとおりです」

北川がうなずいた。

「ならば、わしらがやろう」

源九郎は、捕らえた万吉をはぐれ長屋に連れてきて訊問してもいいと思った。

「北川どのから重松どのたちに、話しておいてくれ」

源九郎が言い添えた。

「承知しました」

源九郎たちは、すぐに動いた。まず、猪牙舟《ちょきぶね》を用意した。以前借りた船宿から調達したのである。捕らえた万吉をはぐれ長屋まで連れてくるには、どうしても舟が必要だったのだ。

北川に話した二日後、牧右衛門店を見張っていた平太から、万吉が長屋にいるとの知らせがあった。足の速い平太が連絡役だったのである。

「菅井、行くか」

源九郎は待機していた菅井に言った。

「よし」

すぐに、菅井が刀を手にして腰を上げた。

万吉を捕らえに、源九郎、菅井、平太、それに茂次が行くことになっていた。もっとも、見張りに三太郎と孫六が行っているので、はぐれ長屋の仲間は総出ということになる。船頭の万吉を捕らえるのに総出というのも大袈裟《おおげさ》だが、話を耳にした孫六や平太が、おれたちも行く、と言い出したのでいっしょに動くことにしたのである。

七ツ（午後四時）ごろだった。ちょうどいいころかもしれない。源九郎たちは、暮れ六ツ（午後六時）過ぎに長屋に踏み込んで、万吉を捕らえたかった。そのころになると、長屋の住人たちはそれぞれの家に入るので、見咎《みとが》められる危険がすくなかったのだ。

源九郎たちは、はぐれ長屋近くの竪川の桟橋から猪牙舟に乗り込んだ。艫《とも》に立って艪《ろ》を漕ぐのは、茂次の役である。源九郎、菅井、それに平太が船底に腰を下ろした。

源九郎たちの乗る舟は竪川から大川に出ると、水押《みよし》を対岸の日本橋にむけた。舟は大川を横切って日本橋川を溯《さかのぼ》り、入堀にかかる親父橋をくぐった。入堀の突き当たりが、堀留町である。

茂次は堀の突き当たり近くにあった船寄に舟を着け、

「下りてくだせえ」

と、源九郎たちに声をかけた。

源九郎たちが舟を下りると、

「こっちで」

と言って、平太が先にたった。

堀留町の裏路地をしばらく歩くと、平太が路傍に足をとめ、

「この先の八百屋の脇でさァ」

と言って、前方を指差した。

半町ほど先に小体な八百屋があった。店先で長屋の女房らしい女がふたり、店の親爺と話している。

「旦那たちは、ここにいてくだせえ。あっしが、親分を呼んできやす」

そう言い置き、平太は小走りにその場から離れた。

平太は八百屋の斜《はす》向かいで枝葉を茂らせていた椿《つばき》の樹陰にまわり、孫六を路地に連れ出した。孫六は樹陰から長屋の路地木戸を見張っていたらしい。

源九郎は孫六たちが近付くのを待って、

「万吉は長屋にいるのか」

と、訊いた。

「いやすぜ。三太郎とあっしで、見張っていやした」

孫六が路傍の椿に目をやりながら言った。源九郎たちには見えなかったが、椿の樹陰に三太郎もいるらしい。

「まだ、早いな」

陽は西の空に沈みかけていたが、暮れ六ツまでには小半刻（三十分）ほどありそうだった。

「しばらく待つか」

源九郎たちは、椿の樹陰にまわった。椿は三本並んで枝葉を茂らせていたので、陰にまわれば路地からは見えないだろう。

やがて、暮れ六ツの鐘がなり、辺りは淡い夕闇につつまれてきた。路地沿いの店も表戸をしめて店仕舞いし、人影もなくなった。ときおり、遅くまで仕事をしたらしい出職の職人や仕事帰りに一杯ひっかけたらしい大工などが通りかかるだけである。

「そろそろだな」

「あっしが、やつの家へ案内しやすぜ」

孫六によると、見張っている間に長屋に入り、井戸端にいた長屋の女房に万吉の家を聞いておいたという。

「よし、行こう」

源九郎が声をかけた。

孫六に、源九郎、菅井、茂次がつづいた。平太と三太郎は樹陰に残ることにした。源九郎は、いくらなんでも六人もで長屋に乗り込むことはないと思ったのである。それに、大勢で踏み込んで長屋の者の目にとまると、大騒ぎになる恐れがあったのだ。

先に孫六と源九郎が路地木戸をくぐり、すこし間をおいて茂次と菅井がつづいた。長屋の住人の注意を引かないように離れて入ったのである。

孫六は井戸の前の棟まで来て足をとめ、

「旦那、手前から二つ目の家ですぜ」

と、声をひそめて言った。

腰高障子の破れ目から、かすかに灯《ひ》が洩《も》れていた。万吉は家のなかにいるらしい。

源九郎たちは菅井と茂次が近付くのを待った。

菅井は孫六に身を寄せて、万吉の家を聞いてから、

「華町、万吉はおれにやらせてくれ」

と、源九郎に言った。薄闇のなかで、菅井の細い目がひかっている。般若《はんにゃ》のような顔に凄《すご》みがあった。やる気になっているようだ。

「菅井、万吉は生け捕りにするのだぞ」

源九郎が念を押すように言った。

「分かっている」

菅井がうなずいた。

「まかせよう」

菅井は峰打ちで万吉を仕留めるつもりらしい。

三

菅井と茂次が先にたった。源九郎と孫六は後につづき、念のために万吉の家の戸口をかためることにした。

菅井と茂次は足音を忍ばせて、万吉の家の戸口に近付いた。腰高障子の破れた障子が、かすかに揺れている。なかに万吉がいるらしく、瀬戸物の触れ合うよう

な音が聞こえてきた。夕めしでも食っているのかもしれない。

茂次が腰高障子に身を寄せ、破れ目からなかを覗いた。座敷のなかほどに、万吉が胡座《あぐら》をかいていた。行灯の灯に、万吉の姿が浮かび上がっている。万吉は貧乏徳利を前にし、湯飲みで酒を飲んでいた。

「旦那、やつは座敷にいやす」

茂次が声を殺して菅井に伝えた。

菅井は刀を抜き、峰に返してから、

「入るぞ」

と言いざま、腰高障子をあけはなった。

すばやく菅井が土間に踏み込み、茂次がつづいた。

一瞬、万吉は目を剝《む》き、凍り付いたように身を硬くしたが、

「だれだ、てめえたちは！」

と怒鳴り、慌てて立ち上がった。

菅井は無言だった。睨むように万吉を見すえたまま座敷に上がると、腰を低くして身構えた。刀の柄を握った両拳を左脇に持っていき、切っ先を後ろにむけた。ちょうど、刀を差した位置に刀身をむけたのである。その構えから居合の抜

刀の呼吸で、刀をふるうつもりだった。

座敷に立った菅井の姿は、獲物を前にした餓狼《がろう》のようだった。前髪が額に垂れ、双眸《そうぼう》が青白くひかり、いまにも飛びかかっていきそうな迫力があった。

「た、助けて！」

万吉が悲鳴のような声を上げ、部屋の隅をまわって菅井の脇を通り抜けようとした。

そのとき、菅井の体がひるがえった。

体が躍動し、行灯の灯を反射《はね》た刃光が赤くひかった。次の瞬間、腹を打つにぶい音がし、万吉の上体が折れたように前にかしいだ。菅井の峰打ちが、万吉の腹を強打したのだ。まさに、居合の抜き打ちのような一瞬の早業である。

万吉は獣の唸《うな》るような声を上げて、その場にうずくまった。

「茂次、万吉を縛れ！」

菅井が言った。

「へい」

茂次がうずくまっている万吉の後ろにまわったとき、戸口から源九郎と孫六が入ってきた。家のなかの物音を耳にし、様子を見にきたらしい。

た。

「茂次、おれも手を貸すぜ」

孫六はそう言って、腹を押さえてうずくまっている万吉のそばに近寄った。

茂次と孫六のふたりで、万吉を後ろ手に縛り上げ、手ぬぐいで猿轡《さるぐつわ》をかました。はぐれ長屋に連れていくまで、万吉の口をふさいでおくためである。

その夜、源九郎たちは万吉をはぐれ長屋に連れていった。そして、源九郎の家で訊問することになった。

座敷のなかほどに座らされた万吉は、顔をひき攣《つ》ったようにゆがませ、激しく身を顫《ふる》わせていた。その万吉を、男たちが取りかこんでいた。七人である。万吉を捕らえにいった源九郎たち六人に、北川もくわわっている。

「茂次、猿轡を取ってくれ」

源九郎が言った。

すぐに、茂次が万吉の後ろにまわって猿轡をはずした。

「お、おめえたちは、だれなんだ」

万吉が声を震わせて訊いた。万吉は、まだ源九郎たちのことを知らないようだ。

「渋江藩の目付に味方している者だと言えば、分かるだろう」

万吉は渋江藩内の不正までは知らないだろうが、矢田たちから渋江藩士の間でもめていることは聞いているだろう。

「……！」

万吉の顔が恐怖にゆがんだ。源九郎たちのことが、分かったらしい。

「お、おれを、どうする気だ」

万吉は、おびえたような目で源九郎たちを見た。

「おまえ次第だな。……何事もなくここから塒に帰るか、それとも首を落とされて大川に流されるか。おまえ次第だ」

「……！」

万吉は体を顫わせながら息を呑んだ。

「おまえは船頭として、矢田や高尾たちを舟に乗せて送り迎えしただけだ。おまえには何の罪もない。そうだな」

源九郎が静かな声で言った。

「そ、そうでさァ。あっしは、舟に乗せただけで……」

万吉が媚《こ》びるような目をして前に立っている源九郎を見上げた。体の顫えはとまっている。源九郎の物言いがやわらかかったので、すこし安心したのかもしれない。

「わしらも、そのことは分かっている。……だが、矢田たちのお蔭で何人も命を奪われているのだ。隠し立てをすれば、おまえも一味のひとりとみなされ、首を落とされても仕方がないな」

「は、話す。何でも、話しやす」

万吉が首を伸ばし、かすれ声で言った。

「では、訊くぞ。おまえは、矢田、喜久田、高尾の三人を舟で送り迎えしたのだな」

源九郎が万吉を見すえて訊いた。

「へ、へい」

万吉がうなずいた。

「三人は、いっしょに住んでいるのか」

「そう聞きやした」

「どこに、住んでいるのだ」

源九郎たちが知りたいことは、矢田たち三人の隠れ家である。

「知りやせん」

「知らないだと。おまえが、舟で送り迎えしていたのではないのか」

　思わず、源九郎の語気が鋭くなった。

「あっしは近くの桟橋まで舟で行き来するだけで、家まで行ったことはねえんでさァ」

　万吉が首をすくめながら言った。

「どこの桟橋だ」

「船松町《ふなまっちょう》で」

　万吉によると、佃島《つくだじま》への渡し場から数町下流にある桟橋だという。

　船松町は鉄砲洲《てっぽうず》にあり、大川沿いにひろがっている町である。

「矢田たちの住む家は、その桟橋から遠いのか」

　さらに、源九郎が訊いた。

　船松町の桟橋はすぐに知れるだろうが、そこから先が分からない。それだけでは、矢田たちの隠れ家は探しようがないのだ。

「遠くねえと聞いていやす」

「借家か」

「いえ、望月屋の先代の隠居所のようです」

「望月屋の隠居所か」

思わず、源九郎の声が大きくなった。それだけ分かれば、矢田たちの隠れ家は分かるはずだ。

四

「隠れ家が知れましたか!」

重松が声を上げた。

源九郎たちが、はぐれ長屋で万吉を訊問した三日後だった。源九郎の部屋に、五人の男が集まっていた。源九郎、菅井、重松、北川、それに平沢である。

万吉が矢田たちの隠れ家についてしゃべった翌日、茂次、孫六、三太郎、平太の四人が、船松町に舟で行き、望月屋の先代が隠居所にしていた家をつきとめた。さらに、茂次たちは隠居所の近くで聞き込み、矢田たち三人が住んでいることも確認した。その後、北川が重松に連絡をとり、長屋に来てもらったのである。

「それで、どうするな」

源九郎が訊いた。

「すぐにも、矢田たちを討ち取りたいが」

重松は利根崎に話した上で、明日にも船松町へ行きたいと口にした。

「早い方がいいな」

源九郎も日を置かず、すぐにも仕掛けた方がいいと思った。それというのも、矢田たちが万吉が捕らえられたことを知れば、船松町の隠れ家から姿を消すのではないかと思われたからである。万吉ははぐれ長屋にひそかに閉じ込めてある。

「明日の夕暮れ時では」

重松が訊いた。

「承知した」

それから、源九郎や重松たちは明日の手筈《てはず》を相談した。船松町にむかうのは、いま集まっている五人にくわえ、小菅と吉沢も同行することになった。また、矢田と喜久田は上意討ちの沙汰があるので討ち取ってもいいが、高尾は捕らえることにした。吟味して、留守居役の津山と望月屋、谷沢屋との間でおこなわれた不正を明らかにするためである。

一通り話が終わったところで、

「ゆみも行くはずだ」

と、平沢が口をはさんだ。

ゆみにとって矢田たちは兄の敵でもあるので、以前から平沢や北川とともに闘いにくわわるつもりでいるという。

「それだけいれば、十分だ」

源九郎が言った。敵は三人、味方は八人である。それに、あまり戦力にはならないが、茂次たちもくわわるかもしれない。

「では、明日、佃島への渡し場ちかくで待っています」

そう言い残して、重松が腰を上げた。


翌日、八ツ半（午後三時）ごろ、源九郎たちは竪川の桟橋から茂次の漕ぐ舟に乗った。源九郎のほかに、菅井、平沢、北川、ゆみの四人である。孫六、三太郎、平太の三人は、午前中に矢田たちの隠れ家を見張るために船松町へ行っていた。

源九郎たちの乗る舟は、竪川から大川へ出て下流にむかった。永代橋をくぐったところで水押を霊岸島にむけ、鉄砲洲に近付いた。舟は鉄砲洲に沿って進み、佃島への渡し場を右手に見ながら南にむかった。

いっときすると、右手前方に桟橋が見えてきた。ちいさな桟橋で、猪牙舟が二艘と漁師のものと思われる小舟が三艘、舫《もや》い杭につないであるだけである。

「舟をとめやすぜ」

茂次が桟橋に舟をむけた。

舟が桟橋に着くと、源九郎たちは舟から下りた。桟橋につづく石段の上に、重松、小菅、吉沢の三人が待っていた。

「待たせたかな」

源九郎が訊いた。

「いえ、われらも来たばかりです」

重松が言った。重松たち三人は、いずれも緊張した顔付きをしていた。無理もない。いよいよ矢田たちを討ちに行くのである。

「こっちでさァ」

茂次が先にたった。

源九郎たちは茂次の先導で、大川沿いの道を一町ほど歩いてから、右手の路地に入った。そこは寂しい路地で、空き地や畑が目についた。店屋はなく仕舞屋《しもたや》が、点在しているだけである。どの家も、隠居所か旗本の別邸のような感じがした。

この辺りは眺望のいい地で、江戸湊の海原と、その先の海岸沿いにひろがる芝、高輪、品川などの町並が一望できる。

そのとき、笹藪《ささやぶ》の陰から路地に平太が姿をあらわし、源九郎たちの方へ走ってきた。

平太は源九郎に走り寄ると、

「矢田たちは、塒にいやす」

と、上擦った声で言った。

「孫六と三太郎は」

源九郎が訊いた。

「笹藪の陰で、矢田たちを見張っていやす」

「あれが、矢田たちの隠れ家か」

源九郎は、三太郎が走り出てきた笹藪の斜向かいにある家を指差して訊いた。

源九郎は茂次からどんな家なのか話には聞いていたが、まだ自分の目で見ていなかったのである。

これで明日も
ニッポン晴れ!

井崎脩五郎　4ページ小噺　井崎脩五郎のおもしろイイ!話

4ページで笑い、泣き、オチがある！　ひと駅で読めちゃう、痛快爽快、抱腹絶倒話60編。「小説推理」で四半世紀続く人気連載が待望の文庫化。

［和み与太話］　定価600円　978-4-575-51547-3

遠藤夏輝　原宿ブルースカイヘブン

双葉文庫初登場

［青春小説］　定価650円　978-4-575-51546-6

1974年、東京・原宿に誕生した〝黒い軍団〟モーターサイクル・チーム『クールス』。彼らが駆け抜けた数年間の、濃厚でアツい青春物語。

大道珠貴　立派になりましたか?

［連作短篇集］　定価580円　978-4-575-51545-9

かつての同級生たちは今は何を?　誰もが一度は思い浮かべたことがある問いに、芥川賞作家がシニカルなユーモアと心地よいリズムで描きだす、それぞれの人生。

小杉健治　検事・沢木正夫　宿命

［長編検察小説］　定価690円　978-4-575-51544-2

単純な殺人事件に思えた。包丁で刺された男性は死亡し、被疑者の女は自供をしている。だが、沢木検事は最初から違和感を抱いていた。そして、女の思わず発したひと言に、沢木の疑念は確信へと変わった！　真犯人は!?　そして、女が隠し通そうとする秘密とは!?

新堂冬樹　白い鴉《からす》

［長編小説］　定価650円　978-4-575-51543-5

連続詐欺事件が発生。鮮やかな手口で大金を奪い、警察を翻弄する犯人は、「白い鴉」と名乗った。その名に込められた真意とは?

金沢伸明　王様ゲーム　滅亡6・08

［長編ホラー］　定価680円　978-4-575-51542-8

【広島県にいる者全員、岡山県に移動する】日本中の高校生に届いた命令。それは日本を滅亡へと導く悲劇の始まりだった。大人気ホラー第4弾！

双葉文庫は面白《おむすび》文庫

「へい」

「大きな家だな」

思ったより大きな家だった。古い家屋だが、屋敷といった方がいい。まわりに板塀がまわしてあった。路地に面したところに、自然木を二本立てただけの吹抜き門があった。その先が、家の正面の戸口らしい。

源九郎たちは孫六たちのいる笹藪の陰にまわった。あらためて屋敷に目をやり、闘いの場を探した。敷地はひろかった。戸口の前や屋敷の脇にも、立ち合いのできる場がありそうだった。

「いずれにしろ、陽が沈んでからだな」

源九郎が西の空に目をやって言った。

夕陽が西の家並の向こうに沈みかけていた。西の空は夕焼けに染まっている。あと小半刻（三十分）もすれば、暮れ六ツ（午後六時）の鐘が鳴るだろう。

そのとき、平沢が源九郎に身を寄せて、

「華町どの、矢田はわしらに討たせてもらいたいが」

と、言った。いつになく、平沢の顔がきびしかった。双眸が射るような鋭いひかりを宿している。いよいよ、倅の真八郎を斬った一味の頭を討つときがきたのである。気が昂《たかぶ》っているにちがいない。

平沢だけではなかった。北川とゆみの顔にも、平沢と同じようなきびしい表情があった。

「矢田は、平沢どのたちにまかせよう」

源九郎が言うと、菅井もうなずいた。

それから、源九郎たちは闘いの支度を始めた。支度といっても、源九郎と菅井は袴の股だちを取っただけである。他の男たちは、用意した細紐で襷《たすき》をかけた。ゆきは、さらに鉢巻きをした。髪を押さえるためらしい。

五

「行くぞ」

源九郎が男たちに声をかけた。

菅井や平沢たちが無言でうなずき、笹藪の陰から路地に出た。辺りは淡い夕闇に染まっていた。路地に人影はなく、ひっそりと静まっている。聞こえてくるのは、江戸湊の砂浜に打ち寄せる潮騒の音だけである。

茂次、孫六、三太郎、平太の四人は、門の脇に足をとめた。敷地内には入らず、門の脇に身を隠して闘いの様子を見るのである。茂次たちは源九郎から、矢田たち三人のなかで、逃げる者がいれば、跡を尾けて行き先をつきとめてくれ、と頼まれていたのだ。

源九郎たち八人は、足音を忍ばせて戸口に近付いた。戸口の引き戸は、一尺ほどあいたままになっていた。敷居の先に、薄暗い土間と板敷きの間が見える。

「おれたちは、念のために家の裏手から踏み込もう」

重松が小声で言った。

源九郎は黙ってうなずいた。三人のうち、裏手から逃げようとする者もいるだろう。

源九郎たち五人は、重松が小菅と吉沢を連れて家の脇から裏手にまわるのを見てから踏み込んだ。

板敷きの間の先に障子がたててあった。座敷になっているらしい。その座敷に人のいる気配がしたが、物音も話し声も聞こえなかった。源九郎たちが踏み込んできた足音を耳にし、戸口の気配をうかがっているのかもしれない。

「矢田、姿を見せろ！」

平沢が声を上げた。

その声で、座敷から「平沢だ！」という声が聞こえ、ひとの立ち上がる気配がした。

カラリ、と障子があいた。

姿を見せたのは、矢田と喜久田だった。ふたりの背後に、もうひとり武士の姿があった。高尾であろう。

三人とも、大刀を引っ提げていた。近くに置いてあった刀を、咄嗟《とっさ》に手にしたにちがいない。

「矢田、上意だ！」

北川が鋭い声で言った。

つづいて、平沢が、

「わしらは、倅、真八郎の敵を討たせてもらうぞ」

と言うと、ゆみが、「兄の敵！」と甲走った声で叫んだ。

「おのれ！　平沢一門総出か」

矢田が目をつり上げ、憤怒に顔をゆがめた。面長の顔が赭黒《あかぐろ》く染まり、殺気を帯びた双眸が平沢たちを射るように見すえている。

そのとき、矢田の背後にいた高尾が、

「敵は多勢だ！　裏手から、逃げよう」

　と言って、きびすを返した。

　だが、高尾は動かなかった。いや、動けなかったのである。裏手で引き戸をあける音につづいて、家のなかに入ってくる複数の足音がしたのだ。重松たちが、裏手から踏み込んできたのである。

「矢田、わしが相手だ。表に出ろ！」

　平沢が語気を強めて言い、後じさって戸口の外に出た。北川とゆきもつづいた。矢田が戸口から外に出られる間をあけたのである。

　源九郎と菅井は土間の脇に寄り、刀の柄に右手を添えたまま喜久田と高尾を見すえている。

「老いぼれ！　返り討ちにしてくれるわ」

　矢田は抜刀すると、刀を引っ提げたまま板敷きの間に出てきた。そして、源九郎と菅井に目をやりながら土間に下りると、外へ飛び出した。

　喜久田と高尾も板敷きの間に出てきた。裏手から座敷に近付いてくる足音がしたので、座敷にとどまっていられなくなったらしい。

「喜久田、おぬしの相手はわしだ」

源九郎が喜久田の前に立った。

「おのれ！　痩せ牢人の分際で、身の程知らずめ」

喜久田が怒声を上げた。喜久田は長身痩軀《そうく》だった。面長で、頬骨が張っている。その顔が憤怒にゆがんでいる。

「表でやるか」

源九郎は後じさり、敷居をまたいで外に出た。

喜久田は源九郎との間合をとったまま板敷きの間から土間に飛び下りた。

一方、菅井は無言のまま板敷きの間に上がると、高尾と相対し、右手を刀の柄に添えて居合腰に沈めた。居合の抜刀体勢をとったのである。菅井は家のなかで高尾を仕留めるつもりだった。居合は家のなかの狭い場所での刀法も工夫されていたので、外より家のなかの方が利があったのである。

高尾は逃げ道を探すように周囲に視線をまわしたが、裏手から近付いてくる足音が大きくなると、刀を抜いて切っ先を菅井にむけた。顔がひき攣り、切っ先が小刻みに震《ふる》えている。興奮と恐怖で、体が顫えているのだ。

菅井は摺《す》り足で高尾に迫った。狭い家のなかでも、まったく抜刀体勢がくずれない。見事な寄り身である。

高尾は身を硬くして、低い青眼に構えていた。

菅井は居合の抜きつけの間合に踏み込むや否や仕掛けた。

イヤアッ！

裂帛《れっぱく》の気合と同時に、菅井の体が躍った。

次の瞬間、シャッ、という刀身の鞘走る音がし、菅井の腰元から閃光《せんこう》がはしった。居合の抜き付けの一刀である。

迅《はや》い！

高尾には、菅井の太刀筋が見えなかったにちがいない。一瞬、高尾は菅井の斬撃をかわそうとして身を引いたが、間に合わなかった。

ザクリ、と高尾の右袖が裂けた。菅井の切っ先が、高尾の右の前腕をとらえたのである。

高尾は刀を取り落とし、悲鳴を上げて後じさった。あらわになった右の前腕から血が流れ出ている。菅井は高尾を生け捕りにするために、致命傷にならない腕を狙って斬撃をあびせたのだ。

菅井はすばやく高尾に身を寄せ、切っ先を喉元に突き付けて、

「動くな！」

と、高尾を見すえて言った。

そこへ、裏手からまわってきた重松たち三人が駆け付けた。

「吉沢、小菅、この場を頼む」

重松はふたりをその場を残すと、外へ飛び出した。矢田と喜久田がどうなったか、気になったようだ。

六

このとき、平沢は矢田と対峙《たいじ》していた。
ふたりの間合は、およそ四間半。まだ、遠間《とおま》である。矢田は八相に構えてい
た。両肘を高くとり、刀身を垂直に立てている。大きな構えである。上から覆い
かぶさってくるような威圧感があった。
対する平沢は、青眼に構えていた。刀身をやや下げ、切っ先を矢田の胸につけ
ている。鍔鳴《つばな》りの太刀の構えである。
平沢の背がすこし丸まっていた。いかにも、頼りなげな構えである。だが、腕
に覚えのある者が見たら、達人の構えであることが分かっただろう。

平沢の構えには、緊張や力みが感じられなかった。ふわりと地面に立っているように見える。それでいて、切っ先は微動だにせず、そのまま胸に迫ってくるような威圧感があるのだ。

北川は矢田の左手にいた。やはり、鍔鳴りの太刀の構えをとっている。ただ、間合は遠く、五間ほどもあった。

ゆみは矢田の右手にいた。ゆみも青眼だが、切っ先は高く、敵の目線につけられていた。ゆみと矢田との間合も五間ほどあった。ふたりは、平沢と矢田の動きを見てから踏み込むつもりなのだろう。

先に動いたのは、矢田だった。全身に激しい気勢を込め、斬撃の気配を見せながらジリジリと間合を狭めていく。

と、平沢も動いた。趾《あしゆび》を這《は》うように動かして間合をつめ始めた。平沢の切っ先が槍の穂先のように矢田の胸に迫っていく。

間合が狭まるにしたがって、ふたりの全身に気勢がみなぎり、斬撃の気配が高まってきた。

一足一刀の間境まで一間ほどに迫ったときだった。ふいに、平沢がゴホッと咳をし、その拍子に剣尖《けんせん》が大きく揺れた。

咄嗟に平沢は口を強くひき結び、息をつめて必死に咳を抑えた。平沢の顔が怒張したように膨れている。

この一瞬の隙を、矢田がとらえた。

つつッ、と摺り足で身を寄せ、すばやく斬撃の間合に踏み込んだ。

刹那《せつな》、スッ、と平沢が刀身を右手に下げ、大きく面をあけた。鍔鳴りの太刀を仕掛けたのである。その瞬間、平沢の体がわずかに揺れた。咳を抑えようとして力んでいるせいである。

イヤアッ！

裂帛の気合を発し、矢田が斬り込んだ。

振りかぶりざま、面へ。稲妻のような斬撃だった。

瞬間、平沢の体が左手に倒れたようにかしぎ、切っ先が矢田の手元に伸びた。

だが、その体捌《たいさば》きに鍔鳴りの太刀の迅さと鋭さがなかった。端で見ている者の目にも、その動きがはっきりと映った。

ザクリ、と平沢の肩から胸にかけて着物が裂け、あらわになった肌から血が迸《ほとばし》り出た。

一方、平沢の籠手《こて》斬りは、矢田の袖をかすめて空を突いた。

矢田は平沢とすれ違い、大きく間合をとってから反転した。

平沢は前によろめき、反転しようとしたが、ふたたび激しく咳き込んだ。傷も深いようだ。平沢はたまらず、上半身を前に折るようにして片膝を地面に突いた。立っていられなかったのである。

すかさず、矢田が振りかぶりざま平沢に迫った。これを見た北川が飛び込むような勢いで矢田の前に走り、切っ先をむけた。

「おれが、相手だ！」

北川が叫んだ。目がつり上がり、歯を剝き出していた。これまで見せたことのない憤怒の形相である。

ゆみは平沢の前に駆け寄り、咳き込んでいる平沢を背にして矢田に切っ先をむけた。ゆみも平沢を守ろうとしたのである。

「矢田、鍔鳴りの太刀、受けてみろ！」

北川が叫んだ。

青眼に構え、切っ先を矢田の胸につけた。全身に激しい気勢をみなぎらせ、いまにも斬り込んでいきそうな気配があった。

矢田はすぐに八相に構えた。両肘を高くとり、刀身を垂直に立てた大きな構えである。矢田も全身に気勢をみなぎらせ、気魄《きはく》で北川を威圧しようとした。

だが、北川はすこしも臆さなかった。そればかりが、激しい闘気をみなぎらせたまま摺り足で矢田との間合をつめ始めたのだ。平沢が目の前で斬られたのを見て、胸の底にあった剣客の闘気に火が点《つ》いたのである。

矢田も八相に構えたまま摺り足で間合をつめ始めた。

ふたりの間合が一気に狭まった。間合がつまるにつれ、ふたりの全身から痺《しび》れるような剣気が放たれ、緊張が異様に高まってきた。

ふたりが斬撃の間境に迫った刹那、フッ、と北川が刀身を右手に下げた。鍔鳴りの太刀の誘いである。

大きく面があいた瞬間、矢田の全身に斬撃の気がはしった。

イヤアッ！

矢田が裂帛の気合を発して、斬り込んだ。

振り込みざま真っ向へ。

矢田の斬撃が北川の面をとらえた、と見えた瞬間、北川の姿が掻《か》き消えた。

次の瞬間、北川の鍔がかすかな金属音を発した。鍔が鳴ったのである。

矢田の右の前腕が深く裂けていた。北川の切っ先が鍔をかすめながら、右前腕をとらえたのである。

一方、矢田の切っ先は北川の肩先をかすめて空に流れた。北川は恐怖で身を竦《すく》ませることなく、見事な鍔鳴りの太刀捌きを見せたのだ。矢田はそのまま北川とすれ違い、大きく間合をとった。矢田は反転するかに見えたが、足もとめずに、そのまま吹抜き門の方に突進した。

右手をだらりと下げ、左手だけで刀を持っていた。刀身を肩に担ぐようにして駆けていく。

北川は反転し、ふたたび低い青眼に構えたが、そこに矢田の姿はなかった。門から飛び出していく矢田の後ろ姿が見えた。

「ま、待て！」

北川は矢田の後を追って門から飛び出したが、すぐに足がとまった。矢田の後ろ姿はかなり離れていた。それに、矢田の斬撃をあびた平沢のことが気になったのである。

北川は、うずくまっている平沢のそばにとって返した。ゆみが平沢の肩に腕をまわして、体を支えていた。その脇に、源九郎の姿もあった。源九郎は喜久田を討ち取って、平沢のそばに駆け寄ったところだった。

平沢の顔が苦しげにゆがんでいた。顔は土気色をし、喘《あえ》ぎ声を洩《も》らしている。肩から胸にかけて、着物が真っ赤に染まっていた。深手である。傷口から血が迸り出ていた。

「お師匠！」

北川は平沢に声をかけ、そばに片膝を突いた。

すると、平沢が北川に目をむけ、

「み、見たぞ」

と、苦しげに喘ぎながら言った。

「………」

北川は平沢が何を言おうとしているのか分からず、黙したまま平沢を見つめていた。

「鍔鳴りの太刀、会得したな……」

そう言うと、平沢が目を細めた。平沢の顔がなごみ、満足そうな表情を浮かべて北川とゆみに目をやった。

そして、平沢が、「北川、東燕流を継いでくれ」と口にしたとき、グッと喉のつまったような呻き声を上げ、顎を前に突き出すようにして身を硬直させた。次の瞬間、がっくりと首が落ち、全身から力が抜けた。

……死んだ。

源九郎は頭を下げ、胸の前で掌を合わせた。

「父上！」

ゆみの絶叫がひびき、つづいて北川の嗚咽《おえつ》が聞こえた。


このとき、茂次と三太郎が矢田の跡を尾けていた。矢田が吹抜き門から飛び出してきたとき、茂次がその姿を目にとめ、三太郎に声をかけてふたりで尾け始めたのだ。孫六と平太は門のそばに残っていた。他にも逃げてくる者がいるかもしれないのだ。

矢田は小走りに路地を抜けて大川沿いの通りに出ると、南にむかった。すでに、辺りは濃い夕闇につつまれ、左手前方にひろがっている江戸湊の海原は黒ずみ、無数の白い波頭が乱れた縞模様を刻んでいた。

辺りに人影はなく、通り沿いの店屋も表戸をしめている。海原を渡ってくる風音と、大川の河口の岸辺に打ち寄せる波音だけがひびいていた。

矢田は、十軒町《じっけんちょう》、明石町《あかしちょう》と歩き、南飯田町《みなみいいだちょう》に入ったところで、右手におれた。

そして、西本願寺の裏手を通り、大名や旗本屋敷のつづく通りに抜けて、三十間堀に突き当たった。その辺りは、木挽町《こびきちょう》四丁目である。

矢田は三十間堀にかかる新シ橋のたもとまで来ると、左手におれて堀沿いの道を一町ほど歩いて仕舞屋の前に足をとめた。借家ふうである。

矢田は仕舞屋の戸口に立って戸をたたいた。すぐに、引き戸があいて人影があらわれたが、茂次と三太郎は遠くからこの様子を見ていたので、町人なのか武士なのかも分からなかった。

矢田は戸口にあらわれた者となにやら話していたが、すぐに戸口からなかに入った。

茂次と三太郎は仕舞屋に近寄り、しばらく堀際の柳の陰から様子をうかがっていたが、矢田は家に入ったきり出てこなかった。

「三太郎、明日だな」

茂次が声をかけた。明日、出直して矢田が入った家の住人を近所で聞き込んでみようと思ったのである。

第六章　鍔鳴《つばな》りの太刀

一

「華町の旦那、矢田の逃げた先が分かりましたぜ」

茂次が言った。

はぐれ長屋の源九郎の家だった。座敷には、源九郎、菅井、北川、それに三太郎の姿があった。

源九郎や重松たちが船松町にある望月屋の隠居所を襲って喜久田を討ち、高尾を捕らえた翌日だった。今日、茂次と三太郎は朝から木挽町に出かけ、矢田が逃げ込んだ仕舞屋《しもたや》の住人が何者であるか探ったのである。

「木挽町だったな」

昨夜のうちに、源九郎は茂次から矢田は木挽町の仕舞屋に逃げ込んだと聞いていたのである。

「その家の住人は、渋江藩のご家臣のようですぜ」

茂次が声をひそめて言った。

「そやつの名は」

すぐに、源九郎の脇に座していた北川が訊《き》いた。

北川の顔には、悲痛の濃い翳《かげ》がおおっていた。双眸《そうぼう》だけが、異様にひかっている。北川は東燕流の師であり、義父にもなるはずだった平沢を目の前で矢田に斬り殺されたのだ。その矢田を北川は鍔鳴《つばな》りの太刀で破ったが、手傷を負わせただけで逃がしてしまったのである。

「村上周助ってえ名でさァ」

「村上周助だと」

北川の声が大きくなった。

「村上は津山の配下の使番のひとりだったな」

源九郎は重松から村上の名を聞いていた。

「そうか。矢田は、村上の町宿に身を隠したのだな」

北川が、村上の町宿が木挽町にあると聞いた覚えがあります、と言い添えた。

そのとき、源九郎と北川のやり取りを聞いていた菅井が、

「矢田を討つなら早い方がいいぞ」

と、もっともらしい顔をして言った。

「菅井の言うとおりだ。……おそらく、矢田は一時的に村上の許に身を隠しただけだろう。そこにいては、いずれ居所が知れるとみて隠れ家を変えるはずだ」

源九郎は、矢田が右手を負傷しているいまなら討ちやすいとも思ったが、そのことは口にしなかった。

「行きましょう、今夜にも」

北川が強い口調で言った。

「待て、重松どのに話してからがいいのではないか。矢田ひとりを討つなら、わしらだけでもかまわんが、村上がいっしょにいるなら、高尾と同じように捕らえる手もあるぞ」

源九郎は、重松だけでなく利根崎の考えもあるだろうと思ったのだ。

「分かりました。いまから、重松どのに話しにいきます」

そう言って、北川が立ち上がった。

「待て、舟を出そう」

重松は愛宕下の藩邸にいるはずだ。これから、愛宕下まで行くと、夜になってしまうだろう。それに、今日も茂次たちが船宿で借りた舟を使ったので、まだ竪川の桟橋につないであるはずだ。

「茂次、愛宕下近くまで北川どのを送ってくれ」

「承知しやした」

すぐに、茂次と三太郎が腰を上げた。三太郎もいっしょに行くつもりらしい。

三人が出ていった後、菅井が、

「木挽町に行くのは、明日の夕方になるだろうな」

と、小声で言った。

「そうだな」

源九郎も、明日になるだろうと思った。

「どうする、夕めしは」

菅井が訊いた。

「まだ、支度するのは早いな」

七ツ（午後四時）ごろだった。まだ、夕めしの支度をするのは早いだろう。

「やることがないな」

菅井が、何か言いたそうな顔をして源九郎を見た。

……菅井のやつ、将棋をやりたいようだ。

と、源九郎は直感したが、口にしなかった。

ただ、いつもの菅井ならすぐに家に将棋盤を取りに行くところだが、さすがに、明日にも矢田を討ちに行くとなると、将棋の話はしづらいようだ。それに、源九郎もいまから将棋を指す気にはなれなかった。

「菅井、どうだ、亀楽で酒を調達してきて、ふたりで一杯飲むか」

亀楽で飲んでもいいが、今夜は長屋で茂次たちの帰りを待つつもりだった。元造に頼んで、握りめしを作ってもらう手もある。

「そうするか」

菅井は気乗りのしない声で承知した。将棋のことは、口にしなかった。

源九郎は孫六にも声をかけ、亀楽に出かけて貧乏徳利に酒を入れてもらった。元造に握りめしを頼むと、炊いておいためしがあると言って、ふたり分の握りめしを作ってくれた。孫六は酒だけなので、ふたり分で十分である。

源九郎たち三人は、酒を飲みながら茂次たちが長屋に帰るのを待っていた。

茂次と北川が源九郎の家に顔を出したのは、五ツ（午後八時）ちかくになってからだった。

菅井が座敷に腰を下ろした茂次と北川に、

「まァ、一杯飲め」

と言って、貧乏徳利を差し出した。

源九郎は茂次と北川が湯飲みの酒を飲んで喉を潤すのを見てから、

「それで、どうなったな」

と、北川に訊いた。

「明日、夕暮れ時に木挽町に出向き、矢田を討ち、村上を捕らえることにしました。華町どのたちに、また、手を貸してほしいそうです」

北川がきびしい顔をして言った。

「わしらも、そのつもりだ」

源九郎も菅井も、ここまで来たら北川たちとともに矢田を討ち取りたかったのだ。

それから、源九郎たちは北川と明日の手筈《てはず》を打ち合わせた。やはり、茂次の漕ぐ舟で、木挽町まで行くことにした。舟を使えば、木挽町までほとんど歩かずに行くことができる。それに、捕らえた村上を愛宕下の藩邸まで連れて行くのも楽だろう。

翌朝、源九郎が井戸端で顔を洗ってもどると、戸口に北川とゆみが思いつめたような顔をして立っていた。

「華町さま、お願いがございます」

ゆみが言った。

源九郎は戸口に立って聞くような話ではないと察知し、

「ともかく、なかで聞こうか」

と言って、ふたりを家のなかに入れた。

源九郎は、北川とゆみを前にして膝を折ると、

「何の話かな」

と、おだやかな声で訊いた。

「わたしも、木挽町に連れていってください。父と兄の敵を討ちたいのです」

ゆみが、必死の面持ちで言った。顔には、悲壮さもあった。無理もない。ゆみは兄の真八郎だけでなく、父の八九郎も矢田に斬殺されているのだ。

「華町どの、矢田はゆみどのとふたりで討ちます」

北川が毅然として言った。北川の顔には悲壮さにくわえ剣客らしい凄《すご》みもあった。北川にすれば、ひとりの剣客として鍔鳴りの太刀で矢田を仕留めたいのであろう。

「ふたりにまかせよう」

源九郎も、いまの北川なら矢田を討てるとみた。

二

その日、陽が西の空にまわってから、源九郎たちは茂次の漕ぐ舟に乗った。舟には源九郎のほかに、菅井、北川、ゆみ、それに三太郎の姿があった。孫六と平太は、すでに木挽町に出かけていた。朝から、矢田と村上のいる借家を見張っていたのである。

源九郎たちの舟は大川から八丁堀に入り、白魚橋の手前を左手におれて三十間堀に入った。そのまま堀を南にむかえば、矢田たちのいる借家近くまで行ける。

前方に新シ橋が見えてきたところで、

「舟を着けやすぜ」

と、茂次が言って、左手の船寄に水押《みよし》をむけた。

舟が船寄に着くと、源九郎たちは舟から桟橋に下りた。源九郎たちが堀沿いの通りに出て、新シ橋の方へ歩き始めると、走ってくる平太の姿が見えた。

平太は源九郎たちに近付くと、

「ふたりとも、家にいやす」

と、その場にいる五人に聞こえるように言った。

「家に入ったきりか」

源九郎が訊いた。矢田はともかく、村上は藩邸に出かけたのではないかと思ったのだ。

「村上は、半刻（一時間）ほど前《めえ》にもどりやした」

「やはり、そうか」

源九郎は北川から、重松たちは村上が藩邸から町宿にもどる頃合を見計らって、夕方踏み込むことにしたと聞いていたのである。

「それで、重松どのたちは」

北川が訊いた。

「この先の堀沿いで待っていやす」

「わしらも、行こう」

源九郎たちは平太の先導で、堀沿いの道を南にむかった。

堀際の柳の樹陰に、重松、吉沢、小菅の三人の姿があった。いずれも、黒羽織に袴姿で、二刀を帯びていた。ふだん、町を歩くときの恰好《かっこう》である。おそらく、愛宕下の藩邸から木挽町まで人出の多い表通りがつづいているので、人目を引かないように気を配ったのだろう。それに、藩邸内にいる津山に不審を抱かせないためもあったにちがいない。

「ふたりは、家にいるようだぞ」

源九郎が重松に声をかけた。

「そのようです」

重松が緊張した面持ちでうなずいた。重松たちは、村上の動きに目をくばり、町宿まで尾《つ》けてきたのかもしれない。

「そろそろかな」

陽は西の家並の向こうに沈み、西の空に茜色《あかねいろ》の夕焼けがひろがっていた。そろそろ、暮れ六ツ（午後六時）の鐘が鳴るだろう。

源九郎たちは、平太の先導で新シ橋の方にむかった。いっとき歩くと、岸際の柳の陰から孫六が出てきた。矢田と村上のいる借家を見張っていたらしい。

「矢田たちのいる家は？」

源九郎が孫六に訊いた。

「そこの桜の木の先の家でさァ」

孫六が指差した。斜向《はす》かいに、一抱えもありそうな桜が枝葉を茂らせていた。その先に、仕舞屋があった。

家の正面の戸口は、板戸がしめてあった。裏手は別の家の板塀で、脇は雑草の茂った空き地になっている。その空き地に面して狭い縁側があり、その奥に障子がたててあった。通りには、ぽつぽつと人影があり、迫りくる夕闇に急《せ》かされるように足早に通り過ぎていく。

そのとき、石町《こくちょう》の暮れ六ツの鐘がなった。鐘が鳴りやむと、あちこちから、表戸をしめる音が聞こえてきた。店屋が店仕舞いし始めたらしい。

「頃合だな」

そう言って、源九郎が男たちに視線をまわした。

重松や菅井は無言でうなずき、踏み込む支度を始めた。支度といっても、羽織を脱ぎ、袴の股だちを取るだけである。ただ、北川とゆみは襷《たすき》で両袖を絞った。矢田を討つつもりでいるのだ。

「まいろう」

　重松が声をかけた。

　源九郎たちは、仕舞屋の脇まで行くと二手に分かれた。裏手は板塀がまわしてあり、家からの出入り口は正面の戸口と縁側だけらしかった。

　源九郎、北川、ゆみの三人は正面の戸口にむかい、菅井、重松、吉沢、小菅の四人は空き地に踏み込んで縁側にむかった。孫六たちは、家の近くの路傍の樹陰に身をひそめていることになった。船松町の隠れ家に踏み込んだときと同じように、逃走する者がいたら跡を尾けるのである。

　源九郎と菅井は、闘わずにすむのではないかとみていた。相手は、矢田と村上だけである。矢田は遣い手だが、北川とゆみが相手をする。源九郎は北川たちの闘いの様子によって、助太刀するつもりだった。

　一方、菅井は村上を捕縛する重松たちに助太刀することになっていたが、村上が重松たちに抵抗するとは思えなかった。村上にすれば、相手は三人だし初めから勝ち目はないとみるだろう。それに、村上は御使番であり、津山たちの悪事にそれほど深くかかわっているわけではないので、命を賭してむかってくるとは思えなかったのだ。

源九郎は北川たちとともに戸口に立つと、

「北川どの、ゆみどの、焦らずにな。……鍔鳴りの太刀が、後れをとるようなことはないはずだ」

と、声をかけた。ふたりが、矢田との闘いを前にして緊張しているとみたのである。

「は、はい！」

北川が答えた。

全身に気勢がみなぎり、顔が紅潮し、双眸が燃えるようにひかっている。ゆみも同じように、全身に闘気が満ちていた。ふたりとも気が昂《たかぶ》っているが、おびえや恐怖は感じられなかった。

「踏み込むぞ」

源九郎は戸口の引き戸をひいた。

戸はすぐにあいた。戸締まりは、まだしてなかったようだ。

敷居の先が狭い土間になっていて、すぐ正面が座敷だった。居間らしいが、人影はなかった。その先に障子がたててある。

障子の向こうに人のいる気配がした。矢田と村上はそこにいるらしい。

た。

「矢田左馬之助！　姿を見せろ」

北川が声を上げた。

源九郎は土間の隅に立っていた。この場は、北川とゆみにまかせるつもりだっ
た。

ふいに、障子の向こうで人の立ち上がる気配がし、障子があいた。

姿は見せたのは矢田と小柄な武士だった。村上らしい。ふたりとも、大刀を手にしていた。そばに置いてあった大刀を手にして立ち上がったのだろう。

「よく、ここにいると分かったな」

矢田が、正面に立った北川を睨むように見すえて言った。矢田の右腕に晒《さらし》が厚く巻いてあった。まだ、傷は癒えていないようだ。

矢田の目がつり上がり、かすかに体が顫《ふる》えている。驚きと興奮であろう。いきなり、北川や源九郎が踏み込んできたので、さすがに動転したらしい。

「矢田、勝負！」

北川が声を上げると、ゆみが、「父と兄の敵！」と叫んだ。

「おのれ！　三人がかりか」

矢田の顔が、怒張したように赭黒《あかぐろ》く染まってきた。

「わしは、検分役だ」

そう言うと、源九郎は後じさって土間から外に出た。

そのとき、矢田の脇にいた村上が、「外に逃げるぞ」と声を上げ、縁側に面した障子をあけた。そこから、外に飛び出して逃げようとしたのだが、村上は縁側に体をむけたまま足をとめた。

「駄目だ！　縁側の先にも大勢いる」

村上がひき攣《つ》ったような声を上げた。そのとき、空き地にいたのは、菅井や重松たち四人だが、村上の目には大勢いるように映ったようだ。

「やるしかないようだな」

矢田は大刀を引っ提げたまま戸口に出てきた。

三

北川と矢田は、家の前の路地で対峙《たいじ》した。村上は家から出てこなかった。空き地にいる菅井や重松たちの姿を見て、座敷にへたり込んでしまったのだ。おそらく、菅井や重松たちが家に踏み込んで村上を捕らえるだろう。

路地沿いの店は店仕舞いし、付近に人影はなかった。通りの遠方に通りかかった男の姿があったが、斬り合いとみて近付いてこなかった。

北川と矢田の間合はおよそ四間――。

北川は低い青眼に構え、切っ先を矢田の胸につけていた。鍔鳴りの太刀の構えである。今日の北川は、船松町で矢田と闘ったときより腰が据わり、身辺に剣の遣い手らしい覇気があった。鍔鳴りの太刀を会得したことが、北川に自信をつけたらしい。

対する矢田は、八相に構えていた。船松町のときより、刀身を後ろに倒している。両肘を高く上げて構えると、右腕に負担が強くかかるからではあるまいか。

ゆみは、矢田の左手にいた。間合はおよそ五間。構えは青眼である。すこし間合が遠かったが、ゆみの構えには、いまにも斬り込んでいきそうな気配があった。

北川と矢田は、対峙したまま動かなかった。全身に気勢を込めて、気魄《きはく》で攻め合っている。

だが、矢田の気に乱れがあった。おそらく、右手に痛みを感じているのだ。痛みだけでなく、晒を厚く巻いていることで右腕が自在に動かず、多少の焦りもあるのかもしれない。

「いくぞ！」

先に、矢田が動いた。

足裏を摺《す》るようにして、すこしずつ間合を狭め始めた。

その動きに呼応するように、北川も動いた。矢田と同じように間合をつめ始めたのである。

青眼と八相に構えたふたりの刀身が、淡い夕闇のなかで銀蛇のようにひかり、すこしずつ近付いていく。

ふたりの間合が、しだいに狭まってきた。間合が狭まるにつれ、ふたりの全身から激しい剣気が放たれ、斬撃の気配が高まってきた。時のとまったような静寂と、息詰まるような緊張がふたりをつつんでいる。

ふいに、北川の寄り身がとまった。一足一刀の間境の一歩手前である。

北川が全身に激しい気勢を込めて気魄で攻めてから、フッ、と刀身を右手に下げた。面をあけたのである。

刹那《せつな》、矢田の全身に斬撃の気がはしった。

イヤアッ！

裂帛《れっぱく》の気合とともに、矢田が斬り込んだ。

八相から面へ。大きくあいた北川の面に吸い込まれるように切っ先が伸びる。

間一髪、北川の体がひるがえり、左手に跳んだ。

迅《はや》い！

北川の体捌《たいさば》きは見えなかった。まさに、黒い飛鳥のようだった。

次の瞬間、矢田の切っ先は北川の肩先をかすめて空を切った。

鍔が鳴った。

と、矢田の右の二の腕に巻かれた晒が裂け、血が噴いた。北川のはなった鍔鳴りの太刀が、矢田の右腕を斬り裂いたのである。

矢田の手から刀が落ち、たたらを踏むように泳いだ。

これを見たゆみが、弾かれたように前に飛び出した。

「父と兄の敵！」

一声上げ、ゆみは手にした刀の切っ先を前にむけ、矢田に体当たりするような勢いで突きをはなった。

左手前方から踏み込んだゆみの切っ先は、矢田の左の胸を貫き、右の背へ抜けた。渾身《こんしん》の一撃である。

グッ、と喉のつまったような呻《うめ》き声を上げ、矢田がその場につっ立った。

一瞬、ゆみの動きもとまった。矢田の肩先に顔を近付けたまま、刀の柄を握りしめている。

「お、おのれ！」

矢田が声を震わせて叫び、胸に突き刺さった刀身を左手でつかもうとした。そのとき、体が大きく揺れて後ろによろめいた。その拍子に刀身が抜けて、胸から血が疾《はし》った。赤い帯のように噴出した血が、疾ったように映ったのだ。

矢田は足を踏ん張って体勢をたてなおそうとしたが、腰からくずれるように転倒した。

地面に俯《うつぶ》せになった矢田は手足をもがくように動かし、首をもたげたが、身を起こすことはできなかった。すぐにもたげた首が落ち、伏臥《ふくが》したまま動かなくなった。四肢が痙攣《けいれん》し、蟇《ひき》の鳴き声のような呻き声が洩《も》れている。胸から流れ出た血が、赤い布をひろげるように地面を染めていく。

ゆみは目を瞠《みひら》き、血刀を手にしたまま突っ立っていた。刀身が震えている。返り血を浴びたゆみの着物が、花びらでも散らしたように赤く染まっている。

「ゆみどの！」

北川がゆみのそばに走り寄った。

その声で、ゆみが振り返った。北川の顔を見ると、急に眉を寄せて泣き出しそうな顔をした。

「ゆみどのが、矢田を討ち取ったのです」

北川が昂った声で言った。

「い、いえ、北川さまが……」

ゆみは声をつまらせて言ったが、後がつづかなかった。ふいに、顔がゆがみ、瞼から涙が溢れ出た。

源九郎は、倒れている矢田が絶命しているのを見てから、縁先に目をやった。そこに、人影はなかった。家のなかで、男の声や物音が聞こえた。菅井や重松たちは家のなかに踏み込んだらしい。

源九郎は戸口から家のなかに入った。土間につづく座敷に、菅井や重松たちがいた。菅井たちは村上を取りかこんでいる。

村上は座敷に座し、後ろ手に縛られていた。村上は重松たちに抵抗せず、縄をかけられたようだ。

「華町、矢田はどうした」

菅井が源九郎に訊いた。

「北川どのとゆみどのが、討ちとったよ」

源九郎はつぶやくような声で、北川どのの鍔鳴りの太刀はみごとだった、と言ったが、菅井や重松には聞こえなかっただろう。

「終わったな」

菅井が言った。

「ああ」

源九郎も、これで始末がついたと思った。

四

……来たな。

と源九郎は思い、座敷に敷いたままになっていた夜具を慌てて畳んで枕屏風の陰に押しやった。

雨音のなかに、下駄の音がしたのだ。下駄の主は菅井である。

下駄の音は腰高障子の前でとまり、いきなりガラリとあいた。やはり菅井である。菅井は将棋盤と飯櫃《めしびつ》をかかえていた。傘は持っていなかった。小雨なので、ささずに来たらしい。

菅井は将棋盤と飯櫃を上がり框《かまち》のそばに置くと、

「華町、待たせたな」

と言って、肩先や胸のあたりをたたいた。雨粒を払い落とすつもりらしいが、濡れたままである。

「わしは、何も待ってないが――」

「将棋だよ、将棋。雨が降れば、将棋と決まっているではないか」

菅井は当然のような顔をして座敷に上がってきた。

「うむ……」

雨天の日に将棋をやると決めているのは、菅井だけである。ただ、源九郎は反論しなかった。飯櫃には、源九郎の分の握りめしが入っているにちがいない。菅井は几帳面《きちようめん》なところがあり、雨の日でもいつもと同じように起き、朝めしの支度をするのだ。もっとも、握ったためしは、昨日の夕餉《ゆうげ》に炊いた残りであろう。

「華町、朝めしは」

菅井が座敷に腰を下ろしてから訊いた。

「まだだ」

「握りめしだが、食うか」

「いただこう。……茶を淹《い》れたいが、湯が沸いてないぞ。これから沸かすとなると、将棋は後になるな」

「茶などいい。水でたくさんだ」

菅井は、さっそく将棋盤に駒を並べ始めた。

「そうか。水でいいか」

菅井は水でいいと言うだろう、と源九郎は思っていたが、一応訊いてみたのだ。菅井はすこしでも早く将棋を指したいのである。

源九郎は流し場に行き、桶に汲んである水をふたりの湯飲みに入れて持ってきてから、飯櫃の蓋をとった。

握りめしが四つ入っていた。いつものように、ふたつずつらしい。それに、小皿には薄く切ったたくあんまであった。

「華町、久し振りだな。……おぬし、腕が鳴って凝《じっ》としていられなかったのではないか」

菅井が嬉しそうに目尻を下げて言った。

「まァな」

源九郎は、握りめしに手を伸ばした。

菅井の言うとおり、ここ二十日ほど将棋はご無沙汰していた。木挽町で矢田を討ち、村上を捕らえてから晴天がつづいたし、北川やゆみが町宿に住むために長屋から引っ越す手伝いをしたりしたので、将棋を指している間がなかったのである。

「さて、やるか」

そう言って、源九郎が駒を並べ始めた。

そのとき、また戸口に近寄ってくる下駄の足音がした。それも、ふたりである。

「おい、だれか来たようだぞ」

源九郎が戸口の方に首をまわしたとき、腰高障子があいた。

姿を見せたのは、孫六と茂次だった。ふたりは源九郎と菅井が将棋を指しているのを見ると薄笑いを浮かべ、

「やってやすね」

と茂次が言い、ふたりして座敷に上がってきた。

「何か用か」

源九郎が駒を手にしたまま訊いた。

「何か用かはねえでしょう。雨の日は将棋と決まってやすんで、ふたりして、ちょいと様子を見に来たんでさァ」

茂次が言うと、孫六もうなずいた。

「おまえたち、朝めしは」

源九郎が訊いた。四人で食うには、握りめしが足りない。

「旦那たちの朝めしのように、あっしらは遅くねえ。……おみよが、ちゃんとめしの支度をしてくれやすからね」

孫六がそう言いながら、源九郎の湯飲みを覗き、

「華町の旦那、水ですかい」

と、あきれたような顔をして訊いた。

「ああ、湯を沸かすのが面倒でな」

「まったく、男の独り暮らしはこれだから駄目だ。湯ぐれえ沸かさねえと……。ようがす、あっしが沸かして茶を淹れやしょう」

孫六はそう言うと、立ち上がり、土間に下りて竈《へっつい》の前に屈み込んだ。火を焚《た》いて湯を沸かすつもりらしい。

「……」

源九郎は何も言わず、駒を並べた。勝手にやらせておくより仕方がない。それに、孫六も茂次も雨の日は行き場がなく、暇を持て余しているのだ。

粗朶《そだ》に火が点《つ》き、ぱちぱちと燃える音が聞こえてきたとき、

「華町の旦那、北川さまとゆみさまが来たそうですね」

と、孫六が竈の前で腰を伸ばしながら訊いた。竈から白煙が立ち上っている。

「一昨日《おととい》な。その後、どうなったか、話しに来たのだ」

孫六の言うとおり、北川とゆみが姿を見せ、その後の村上や高尾の吟味の様子を話していったのだ。

「それで、どうなりやした」

茂次が、将棋盤を覗き込みながら訊いた。

菅井は真剣な顔をして将棋盤に目をやっている。まだ、三手ほど指しただけだが、長考に入ったらしい。

「村上と高尾は、つつみ隠さず話したそうだよ」

北川の話では、ふたりの吟味にあたったのは利根崎と重松だという。当初、ふたりとも口をひらかなかったが、先に高尾が話し出し、つづいて村上も口を割ったらしい。ただ、ふたりとも、津山と望月屋、谷沢屋との仕事上のかかわりを話

し、多額の金が津山に流れていることは認めたが、具体的な不正の手口までは知らなかった。村上と高尾は連絡役で、直接不正にはかかわらなかったからであろう。

「不正な取引にかかわっていたのは、だれだ」

利根崎はそう言って、さらに追及したそうだ。

「大事な話は、津山さまご自身が望月屋と谷沢屋に出向いてなさっていました」

そう切り出し、村上が津山と密談していた者たちの名を口にした。村上は津山の供をして望月屋と谷沢屋に何度か行っており、津山がだれと会っていたか知っていたのだ。

村上が口にしたのは、望月屋のあるじの信兵衛と番頭の牧蔵、それに谷沢屋の番頭の茂造《しげぞう》だという。

話を聞いた利根崎は、すぐに次の手を打った。番頭の牧蔵と茂造を藩邸の利根崎の住む固屋《こや》に呼び出して訊問した。固屋は、藩邸内にある重臣用の邸宅である。

ふたりの番頭は、当初まったく津山との密談を認めなかったが、村上と高尾がすべて吐いたことを知り、しかも利根崎は牧蔵と茂造を別々に呼んで、一方が口をひらいたことを匂わせて巧みに訊問したので、牧蔵と茂造もごまかし切れなくなって白状したという。

「やはり、利根崎どのたちが睨んでいたとおり、藩の専売米の廻漕《かいそう》や江戸での売買をめぐって多額の不正があったようだ」

源九郎が言った。

「それで、その不正ははっきりしたんですかい」

茂次が訊いた。

「まだ、調べは終わってないようだがな。だいぶ、はっきりしてきたらしい」

北川が話したことによると、目付たちが望月屋と谷沢屋に行って、帳簿類や証書などを直接調べたという。その結果、津山と望月屋、谷沢屋の不正を裏付ける帳簿や請書などが見つかった。当初、国許の横瀬たちが疑念を持ったように、専売米の廻漕代を高く見積もったり、売値を実際より高くしたりして、多額の金を生み出していたという。

その不正な金の大部分が、江戸の店を通して留守居役の津山に流れ、さらに津山から国許の普請奉行の荒木田と郡奉行の狭山に渡っていたそうである。

津山や荒木田たちは、そうやって手にした金を己の贅沢《ぜいたく》のためだけでなく、栄進のために主だった重臣への賄賂《まいない》や藩主の奥方などへの贈物にも使っていたらしいという。

そこまで、源九郎が話したとき、

「華町！　おまえの番だ、おまえの」

ふいに、菅井が大声で言った。

「おお、そうか」

慌てて、源九郎は金《きん》を手にして、敵の王の前に打った。源九郎は話し込んでいて、将棋盤から目が離れていたのだ。

「おい、なんだ、この金は！　ただで、くれるのか」

菅井がまた声を大きくして言った。

「くれてやる、どうせ、おまえから、ただ同然でもらった金だ」

源九郎が言った。

「まったく、話に夢中になりおって……」

菅井が渋い顔をしてつぶやきながら、飛車を動かして金を取った。

「ところで、矢田たちはどうして津山たちの言いなりに動いてたんです。やっぱり金《かね》ですかね」

茂次がそう訊くと、土間に立っていた孫六も、

「あっしも、それが分からねえ」

と、目をしょぼしょぼさせながら言った。竈から立ち上ってきた煙が目に染みるらしい。

「ふたつあるようだ。ひとつは、草薙一門を盛んにしようとして、平沢道場をつぶそうとしたことだな。もうひとつは、矢田と国許の荒木田との間で、いずれ草薙一刀流を藩の御流儀とし、矢田を藩の指南役に推挙するとの約定があったためらしいな」

ただ、北川は源九郎に、高尾が口にしたことなので、はっきりしたわけではない、と言っていた。

「それで、留守居役や望月屋はどうなりやすかね」

茂次が訊いた。

「まだ、沙汰はないだろうが、津山は切腹だろうな」

本来藩庫に入るべき金を私腹した罪にくわえ、藩士を斬殺して出奔した矢田たちを匿《かくま》い、さらに裏で目付たちを斬殺する指図までしたのだから断罪はまぬがれないだろう。

一方、国許の荒木田と狭山も、重罪に処せられるはずである。荒木田たちは裏で矢田たちに指図して、大目付の横瀬をはじめ勘定吟味役の真八郎らを襲って斬殺させたのだ。罪は津山より重いかもしれない。

また、北川によると、まだ何の沙汰もないが、いずれ望月屋と谷沢屋は領内にある本店の身代を藩に没収され、あるじや不正にかかわった奉公人は捕らえられて処罰されるのではないかという。そうなれば、江戸の支店は手を下さなくともつぶれるので、処罰されたと同じ結果になるそうだ。

「悪いやつらは、いずれこうなるんでさァ」

茂次がそう言ったとき、

「旦那、北川さまとゆみさまは、いい夫婦になりやすね」

と、孫六が源九郎に言った。

「そうだな。……いずれにしろ、江戸での始末がついたら、ふたりで国許に帰るらしい」

北川とゆみは、国許に帰る前にもう一度長屋に寄らせてもらい、お世話になったみなさんにお礼がしたい、と言い残して、源九郎の家を出たのである。

「これで、始末がついたわけだな」

源九郎が両手を突き上げて伸びをした。

「おい、華町、王手だ、王手！」

菅井が苛立《いらだ》ったような声を上げた。

「おお、そうか」

源九郎が、慌てて王を逃がした。

「そっちに逃げたら、飛車がいるだろうが。……逃げるなら、こっちだ」

菅井が、源九郎の王を手にして、後ろに下げた。

すると、茂次が、

「菅井の旦那、ひとりでやったらどうです」

と、笑いながら言った。

源九郎は苦笑いしながら、いつもの長屋にもどったようだ、と胸の内でつぶやいた。

双葉文庫

と-12-34

はぐれ長屋《ながや》の用心棒《ようじんぼう》

老骨秘剣《ろうこつひけん》

2012年12月16日　第1刷発行

【著者】
鳥羽亮《とばりょう》

【発行者】
赤坂了生
【発行所】
株式会社双葉社
〒162-8540 東京都新宿区東五軒町3番28号
［電話］03-5261-4818(営業)　03-5261-4833(編集)
www.futabasha.co.jp
（双葉社の書籍・コミックが買えます）
【印刷所】
慶昌堂印刷株式会社
【製本所】
株式会社若林製本工場

【表紙・扉絵】南伸坊
【フォーマット・デザイン】日下潤一
【フォーマットデジタル印字】飯塚隆士

ISBN978-4-575-66591-8 C0193
Printed in Japan

鳥羽亮

はぐれ長屋の用心棒
迷い鶴

長編時代小説〈書き下ろし〉

源九郎は武士にかどわかされかけた娘を助けた。過去の記憶も名前も思い出せない娘を襲う玄宗流の凶刃！ シリーズ第六弾。

鳥羽亮

はぐれ長屋の用心棒
黒衣の刺客

長編時代小説〈書き下ろし〉

源九郎が密かに思いを寄せているお吟に、妾にならないかと迫る男が現れた。そんな折、長屋に住む大工の房吉が殺される。シリーズ第七弾。

鳥羽亮

はぐれ長屋の用心棒
湯宿《ゆやど》の賊

長編時代小説〈書き下ろし〉

盗賊にさらわれた娘を救って欲しいと船宿の主が華町源九郎を訪ねてきた。箱根に向かった源九郎一行を襲う謎の刺客。好評シリーズ第八弾。

鳥羽亮

はぐれ長屋の用心棒
父子凧《おやこだこ》

長編時代小説〈書き下ろし〉

俊之介に栄進話が持ち上がり、喜びに包まれる華町家。そんな矢先、俊之介と上司の御納戸役が何者かに襲われる。好評シリーズ第九弾。

鳥羽亮

はぐれ長屋の用心棒
孫六の宝

長編時代小説〈書き下ろし〉

長い間子供の出来なかった娘のおみよが妊娠した。驚喜する孫六だが、おみよの亭主・又八が辻斬りに襲われる。好評シリーズ第十弾。

鳥羽亮

はぐれ長屋の用心棒
雛《ひな》の仇討ち

長編時代小説〈書き下ろし〉

両国広小路で菅井紋太夫に挑戦してきた子連れの武士。藩を二分する権力争いに巻き込まれて江戸へ出てきたらしい。好評シリーズ第十一弾。

鳥羽亮

はぐれ長屋の用心棒
瓜ふたつ

長編時代小説〈書き下ろし〉

奉公先の旗本の世継ぎ問題に巻き込まれ、浪人に身をやつした向田武左衛門がはぐれ長屋に越してきた。そんな折、大川端に御家人の死体が。

鳥羽亮

はぐれ長屋の用心棒
長屋あやうし

長編時代小説
〈書き下ろし〉

はぐれ長屋に遊び人ふうの男二人と無頼牢人二人が越してきた。揉めごとを起こしてばかりいたその男たちは、住人たちを脅かし始めた。

鳥羽亮

はぐれ長屋の用心棒
おとら婆《ばあ》

長編時代小説
〈書き下ろし〉

六年前、江戸の町を騒がせた凶悪な夜盗・赤熊一味。その残党がまた江戸に舞い戻り、押し込み強盗を働きはじめた。好評シリーズ第十四弾。

鳥羽亮

はぐれ長屋の用心棒
おっかあ

長編時代小説
〈書き下ろし〉

伊達気取りの若い衆の仲間に、はぐれ長屋の仙吉が入ってしまった。この若衆が大店に強請りをするようになる。どうやら黒幕がいるらしい。

鳥羽亮

はぐれ長屋の用心棒
八万石の風来坊

長編時代小説
〈書き下ろし〉

青山京四郎と名乗る若い武士がはぐれ長屋に越してきた。長屋の娘たちは京四郎に夢中になるが、ある日、彼を狙う刺客が現れ……。

鳥羽亮

はぐれ長屋の用心棒
風来坊の花嫁

長編時代小説
〈書き下ろし〉

思いがけず、田上藩八万石の剣術指南に迎えられた華町源九郎と菅井紋太夫に、迅剛流霞剣の魔の手が迫る！　好評シリーズ第十七弾。

鳥羽亮

はぐれ長屋の用心棒
はやり風邪

長編時代小説
〈書き下ろし〉

流行風邪が江戸の町を襲い、おののくはぐれ長屋の住人たち。そんな折、大工の棟梁の息子が殺され、源九郎に下手人捜しの依頼が舞い込む。

鳥羽亮

はぐれ長屋の用心棒
秘剣 霞 颪《かすみおろし》

長編時代小説
〈書き下ろし〉

大川端で三人の刺客に襲われていた御目付を助けた華町源九郎と菅井紋太夫は、刺客を探し出し、討ち取って欲しいと依頼される。